KB078261

내가 바로 세종대왕의 아들이다

내가 바로 세종대왕의 아들이다 5

유아리 퓨전 판타지 소설

초판 1쇄 찍은 날 § 2020년 8월 18일
초판 1쇄 펴낸 날 § 2020년 8월 25일

지은이 § 유아리
펴낸이 § 서경석

총괄팀장 § 노종아
편집책임 § 이민지
디자인 § 소소연

펴낸곳 § 도서출판 청어람
등록번호 § 제387-1999-000006호
등록일자 § 1999. 5. 31
어람번호 § 제1-3077호

주소 § 경기도 부천시 부일로 483번길 40 서경B/D 3F (우) 14640
전화 § 032-656-4452 팩스 § 032-656-4453
http://www.chungeoram.com
E-mail § chungeorambook@daum.net

ISBN 979-11-04-92233-6 04810
ISBN 979-11-04-92193-3 (세트)

USION FANTASTIC STORY
5
내가 바로 세종대왕의 아들이다
유아리
퓨전 판타지 소설
도서출판 청어람

내가 바로
세종대왕의
아들이다

목차

제1장

비리

　산서성의 감찰관인 안찰사 우겸은 최근 국경에 위치한 대동(大同)현의 군 시설을 감찰하다가 수상한 정황을 발견했다.

　서류상으론 화포나 화약의 실제 재고가 일치하지만, 최근 화포 한 정이 낡아 재활용하려 녹였다는 부분과 보관 중이던 화약 일부가 습기를 먹어 못 쓰게 되어 폐기했다는 사유를 보고 이유 모를 위화감을 느꼈다.

　'만든 지 일 년도 안 된 데다 사용한 적도 없는 화포가 낡다니, 이게 과연 가능한 일인가?'

　"이보게, 여기 반출을 담당한 석가란 이가 누군지 알아보게."

우겸의 명을 들은 부관이 답했다.

"알겠습니다."

다음 날 호출당한 담당자인 주부(主簿) 석준에게 우겸이 장부를 보여주며 물었다.

"그대가 여기 적힌 대로 낡은 화포를 녹이고 화약을 일부 폐기했다는 게 사실인가?"

"예, 그렇습니다. 그게 무슨 문제라도 되는 일입니까? 소관은 절차대로 행한 일입니다만."

"절차대로 처리한 것이면, 그것을 녹인 화포는 어찌 되었는가?"

"그것까진 모르겠습니다. 장인들이 알아서 다시 만들지 않았을까요."

"그리고 여기 적힌 대로 창고에 비가 새서 습기가 차 덩어리가 된 화약 오십 근을 폐기했다고 하는데, 이것도 사실인가?"

"그렇습니다. 참나, 왜 안찰사께선 관원인 저를 마치 죄인 심문하듯이 대하십니까? 아무리 안찰사라도 이는 부당한 처사입니다."

그러자 부관이 석준에게 소리를 질렀다.

"무례하다! 감히 어느 안전이라고 방자하게 구느냐?"

"끈 떨어진 안찰사 나부랭이의 졸개 주제에 어디서……."

"뭐가 어쩌고 저째?"

그러나 우겸은 자신과 부관을 모욕하는 말을 듣고도, 아무 일도 없었다는 듯 무심하게 명령을 내렸다.

"전 첨사(僉司), 죄인을 포박해라."

"예, 대인."

전소는 우겸의 명을 받아 순식간에 석준의 몸을 쓰러뜨린 다음, 포승줄로 묶었고 그 와중에 감정을 담아 무릎으로 티 나지 않게 명치를 눌렀다.

"끄억……."

"내가 어제 하루 동안, 대동현의 모든 화기를 다루는 관인 들과 공인들에게 물었지만, 누구도 반출된 화포를 재처리했다 고 한 사람은 없었다. 또한 화약이 저장된 창고를 살피며 안 에 있는 화약을 치우고 지붕에 물을 부어봤지만, 비가 샐 수 없는 견고함을 보였다. 그래서 혹여나 비가 새고 나서 보수한 게 아닌가 싶어 관원들에게 확인했지만, 그런 공사를 한 적은 전혀 없었다고 하더군. 그리고 네놈이 예전에 큰 빚을 지었다 가 최근 단번에 탕감했다는 소문도 너의 동료들에게 들었다."

석준은 명치의 압박이 풀려 간신히 숨을 내쉴 수 있게 되 자, 자신이 할 수 있는 최선의 한마디를 내뱉었다.

"우리 집안의 큰 어르신이 바로 도어사 석형(石亨) 대인이시 오. 감히 날 잡아넣었다간 그대도 무사하지 못할걸?"

"나라에 큰 해악을 끼친 대역죄인 주제에 할 말이 그것뿐이더냐. 네놈이 빼돌린 화기와 화약은 어디로 보냈느냐?"

"난 모르는 일이오!"

전소가 이죽대듯이 석준에게 말했다.

"그럼 네놈의 몸에 물어봐 주지."

"전 첨사, 죄인을 옥으로 데려가 형틀에 묶게."

"대인의 명을 받들겠습니다."

그렇게 옥으로 보내진 석준은 침대 같은 형틀에 몸이 구속된 채로 소리를 질렀다.

"감히 이러고도 무사할 것 같으냐? 당장 풀지 못해?"

"묻는 말에 답해라. 빼돌린 화기를 어디로 보냈느냐."

"난 모른다고!"

"죄인의 얼굴에 종이를 덮어라."

우겸의 명을 받은 형리들은 석준의 얼굴에 종이를 몇 겹으로 덮었다.

"물을 부어라."

"흐업… 흐으윽."

순식간에 숨이 막힌 석준은 온몸이 묶인 채로 숨을 쉬기 위해 발광하기 시작했고, 형리들은 숙달된 솜씨로 석준이 질식사하기 전에 물에 젖은 종이를 제거했다.

"이젠 이야기할 마음이 드느냐."

석준은 아무런 감정 없이 자신을 바라보는 우겸의 눈빛을 보고 공포에 질렸지만, 자신도 정체를 모르는 상인에게 큰돈을 받고 행한 일이라 빼돌린 화기가 어디로 갔는지 알 수 없었다.

"정말 모릅니다. 전 어떤 상인에게 단지 돈을 받고 행한 일이라… 부디 한 번만 용서해 주십시오."

"명국의 관원이란 자가 화기를 빼돌리는 게, 무슨 죄인지 모르는가? 그대는 황실에 대역죄를 범한 것이다. 분명 화포를 나르려면 혼자 한 일이 아닐 터, 공범을 대라."

"공범은 없습니다."

"다시 한번 덮어라."

"정말 없습니다! 제게 돈을 준 상인의 하인들이 제가 밤중에 창고를 열어주자, 화포와 화약을 들고 갔습니다."

"그곳을 지키던 병사들은 어찌했느냐?"

"제가 술값을 쥐어주고 잠시 내보냈습니다."

"그들의 이름을 대라."

그렇게 관련된 인물들의 이름이 하나씩 나오는 와중에 우겸이 다시 물었다.

"가장 중요한 이의 이름이 나오지 않는구나. 네게 돈을 주고 화포를 빼돌리도록 사주한 상인의 이름은 무엇이냐."

"그자가 말하길, 자길 조형이라고 부르라고 했습니다."

"그자의 용모를 기억하느냐?"

"예."

우겸은 화공을 불러 상인의 용모를 초상화로 그리고 탐문에 나섰지만, 누구도 그의 행방을 알지 못했다. 우겸은 어쩔수 없이 범인을 찾지 못한 채 이 사건에 대한 보고서를 조정에 올렸다.

그렇게 변방에서 시작된 사건은 어느새 중앙의 주요 감찰직의 수장이었던 도어사(都御司) 석형(石亨)에게까지 불똥이 튀었다.

그는 몇 년 전 명에 사신으로 왔던 조선의 고위 관리인 정인지(鄭麟趾)와 친분이 생겼고, 나중엔 친분을 이용해 조선의사신단에게 미당을 조금이나마 얻어 그것을 뇌물로 이용해지금의 자리까지 올랐다.

그렇게 한참 승승장구하는 와중에 이름도 모르는 먼 친척하나가 대역죄를 짓고 자신의 이름을 팔아먹었다고 하니, 그자신도 미칠 지경이었다. 그렇게 한참을 고심하던 석형은 자신이 유일하게 기댈 수 있는 이를 찾아갔다.

"왕 태감, 소관의 사정은 이미 들어서 알고 계실 거라 생각합니다. 어찌 해결할 방법이 없겠습니까?"

"흠, 화기의 무단 반출은 대역죄로 취급되니, 내가 해결해줄 수 있는 일이 아니오. 안타깝지만 도어사의 친척이란 젊은이는 풀려날 가망이 없소."

"그게 아닙니다. 그 망할 놈이 죽을죄를 지은 것은 저도 잘 알고 있습니다. 하지만 전 그놈의 이름도 모르고 있었는데, 제 이름을 팔아 패악을 부렸어요. 그래서 우겸이 상관인 저까지 수사의 대상으로 보고 소환하려 합니다. 그것만 막아주시지요. 그렇게만 해주신다면 이 은혜는 평생 갚겠습니다."

"흠, 사정을 따져보니, 석 선생이야말로 억울한 피해자나 마찬가지군요. 알겠습니다. 내 이 일은 황상께 상신하여 처리해 보도록 하지요."

"감사합니다! 대인, 이 석 모가 대인의 은혜는 기필코 잊지 않겠습니다."

"나랏일에 무슨 은혜까지 운운하시오. 난 그저 잘못된 일을 바로잡으려 할 뿐이오."

그렇게 시간이 흐르자 우겸의 수사는 배후인 상인의 정체를 밝혀내는 데서 막혀 진전이 없었고, 우겸은 몇 달 후 황실에서 온 칙사를 만나게 되었다.

"황상께서 우겸 공의 공을 인정해, 병부시랑(兵部侍郎, 참관급 벼슬)으로 승진시키겠다는 어명을 내리셨소."

"황은이 망극하옵니다."

"그리고 대역죄인은 압송해서 처형하기로 결정되었으니, 우 공은 나와 같이 황도로 갑시다."

"알겠습니다."

그렇게 칙사가 물러나자, 우겸의 부관 전소가 우겸에게 물었다.

"대인. 아직 배후도 밝혀지지 않았는데, 이래도 되는 것입니까?"

"아마 윗선에서 더 큰일이 되기 전에 당사자만 처형하는 것으로 결정한 듯싶네."

"허어… 혹여나 화기가 역도나 이적(夷狄, 오랑캐)들의 손에 들어갔을 수 있는데도 말입니까?"

"추가적인 반출만 막으면 된다고 생각한 모양이다. 게다가 화포를 가진 것은 우리뿐만이 아니니, 그 정도 적은 양으론 별 문제 없을 거란 안이한 생각을 하고 있겠지."

"아국 말고 화포를 쓰는 나라가 더 있습니까?"

"그렇네. 가까이 있는 제후국인 조선도 적게나마 화포를 만들어 쓰고 있고, 서역의 회회국 쪽에서도 화포가 널리 쓰이고 있다 들었네. 예전에 정 태감(정화)께서 대해를 돌며 여러 나라를 보고 와서 하신 말씀이니 틀림없겠지."

"그렇습니까……."

"본관을 승진시킨 것도 대외적으로 보여 주기식인 처사일세. 또한 내게 이 일을 더 파고들지 말라는 경고이기도 하겠지."

"대인의 말씀을 듣고 보니, 승진도 기뻐할 일만은 아니군요."

"그래도 일부 깨어 있는 이들은 나라를 걱정하고 있으니, 언제까지고 이렇게 흘러가진 않을 걸세."

"정녕 그랬으면 좋겠습니다."

그렇게 우겸은 다음 날 칙사를 따라 다시 조정으로 복귀했다.

*   *   *

그 무렵, 정통제의 이복동생인 성왕 주기옥은 황제의 새로운 놀이 상대를 하다 놀이를 마치고 퇴청하며, 작금의 세태에 대해 한탄하고 있었다.

"형님 폐하께선 대체 언제까지 간신들에게 휘둘리기만 하실 셈인가?"

그의 곁에 있던 수행원이 주위를 살펴보곤 작은 목소리로 말했다.

"전하, 혹여 누가 들을까 무섭사옵니다. 궁에선 말을 조심하시지요."

"그래. 나도 모르게 실언이 나왔구나. 어서 가자꾸나."

주기옥의 심복이자 그의 어머니 오 태후를 섬기던 노복 황로가 주기옥의 거처에 도착하자 말했다.

"전하, 나라를 생각하는 충신들도 몇 명 있지 않사옵니까.

그들이라면 언젠간 조정을 바로잡을 수 있을 것이옵니다."

"그래. 우겸 같은 충신이라면 내 믿을 만하지."

"일전에 그가 옥에 갇혔을 때 은밀히 손을 쓰셔서 구원하신 것을 볼 때, 어지간히 그가 마음에 드셨나 봅니다."

"내 나이가 아직 어리긴 해도 옳고 그른 것은 구분할 줄 안다. 아무 죄도 없는 충신이 억울하게 죽는 일만은 막아야 하지 않겠느냐."

"하오나 항상 조심하고 또 조심하셔야 합니다. 전하께서 황상의 총애를 받고 계시긴 하지만 어심은 언제 변할지 모르는 것이옵니다. 지난번에 그 일도 소문이 새어 나갔으면 전하께 해를 끼칠 만한 일이었사옵니다."

"나도 그쯤은 잘 알고 있다. 대외적으론 언제나 놀기 좋아하는 모습을 보이지 않느냐. 폐하의 놀이 상대를 하는 자리에서도 언제나 말을 조심하고 있어."

"예, 잘하시고 계시옵니다."

"그 환관 놈만 사라져도 폐하께서 정무에 관심을 가지실 텐데, 몰래 죽일 방법은 없을까?"

"그런 흉한 일엔 관심을 두지 마소서. 자칫 잘못하면 전하께서 해를 입으실 것이옵니다."

"나도 알아. 그래도 답답해서 해본 말이야. 그건 그렇고, 요즘 폐하를 비롯한 모두가 조선에서 온 물건에 마음을 팔리고 있는 것도 마음에 들지 않아."

"민간에서 유행하던 게 퍼져 요즘 고관 중엔 조선의 복식을 따라 하는 이들도 많다고 들었습니다."

"그래. 어찌 중화인이 동이족들의 습성을 따라 한단 말인가."

주기옥의 어머니는 젊은 시절부터 유독 조선을 좋아했으며, 조선 출신이 아니냐는 소문이 끊이질 않았다.

오 태후 본인은 부정했으나, 대부분 그것을 기정사실로 하여 받아들이고 있기에 주기옥은 조선과 관련된 것은 부정적으로 받아들일 수밖에 없었다.

"하오나 전하께서도 미당을 음식에 넣어 드시지 않사옵니까."

"그건……."

주기옥이 말문이 막혀 한참 동안 침묵하던 중 황로가 서신을 정리하며 다시 말을 꺼냈다.

"전하, 조선의 사신단이 귀국하기 전에 전하를 알현하길 청하는데 어찌 답할까요?"

"그 일은 전에도 거절하지 않았느냐."

"그래도 매일 찾아와 선물을 바치는 이의 성의를 봐서라도 한 번쯤은 만나주시는 게 좋지 않겠습니까? 별 이유 없이 사신의 접견을 거절하면 이번 접견을 윤허하신 폐하께서도 전하를 좋게 보시진 않을 겁니다."

"흠, 어쩔 수 없군. 내일 만나겠다고 전해라."

그렇게 매일 주기옥의 처소에 방문해 황로와 친분을 다졌
던 한명회의 수고가 결실을 보았다.

*　　　　　*　　　　　*

주기옥의 허락이 떨어지자, 다음 날 사신단의 수장인 정인
지가 수행원으로 한명회와 사신단을 따라온 내의원의 어의를
동반해 주기옥을 알현했다.

사신단의 일행이 절을 한 다음 인사의 말을 주고받은 뒤,
주기옥을 따라 준비된 의자에 앉은 정인지가 자신을 소개했
다.

"성왕 전하, 소관은 조선의 우참찬 정가라고 하옵니다. 이렇
게 뵙게 되어 영광이옵니다."

"대체 그대들이 본 왕에게 무슨 용무가 있어서 만나길 청했
는지, 영문을 모르겠군."

대놓고 불편한 기색을 보이는 주기옥에게 정인지는 웃으면
서 답했다.

"대국의 친왕(親王)이시자, 고귀하신 혈통을 타고나신 분을
알현하는 건 제후국 사신의 의무이옵니다. 더 빨리 찾아뵙지

못해 그저 송구할 따름이옵니다."

선대 황제의 핏줄을 타고나긴 했지만, 황실에서 아무런 존재감 없이 지내던 주기옥은 타국의 사신에게 자신을 띄워주는 말을 듣자 조선에 대한 적대감도 잠시 잊고 말을 이었다.

"우참찬이라는 관직은 무슨 직책인가?"

"대국과 조선의 관직 체계가 달라 명확히 대비되는 직책은 없지만, 조선에선 정승이라고 부르는 재상급 직책 바로 아래옵고, 명국의 상서들과 비슷한 품계이오나 하는 일은 전반적인 국정을 조율하는 것이옵니다."

"명국에 재상직은 없지만, 조선의 정승이란 관직은 대학사나 사례감의 태감과 위상이 비슷한 듯한데. 내가 이해한 게 맞는가?"

물론 조선의 정승이 태감 왕진처럼 무소불위의 권력을 휘두르진 않지만, 정인지는 자세한 설명을 생략했다.

"그렇사옵니다."

주기옥은 비록 제후국의 관원이지만, 자신이 생각한 것보다 대단한 사람이 자신을 알아준다는 생각에 다시금 기분이 좋아지기 시작했다.

주기옥은 한명회와 어의를 돌아보며 물었다.

"그대들의 직책은 무엇인가?"

한명회는 정인지가 명국 말을 잘하는 것을 보고 내심 당장은 할 말이 없겠다 싶던 차에 의외의 질문이 들어오자, 자세를 단정히 하며 대답했다.

"소인은 조선 예조 소속 전객사(典客司)의 참봉이자, 사신단의 역관을 맡은 한가라고 하옵니다. 또한 제 옆에 있는 이는 어의(御醫) 최가라고 하옵니다."

"그런가. 우참찬이 이리도 대국의 말을 잘하니 역관인 자네는 별로 할 일이 없겠어."

"아무래도 그런 듯하옵니다."

"그래, 그럼 날 찾아온 진짜 목적이 무엇인가?"

"목적이랄 게 무엇이 있겠사옵니까? 소관이 앞서 고한 대로 그저 고귀하신 분께 인사를 드리려는 것뿐이옵니다."

정인지는 이번 사신행을 떠나기 전 주상에게 황제의 동생인 주기옥을 만나 친분을 다지고, 그 와중에 그의 건강을 살펴보라는 지시를 받았다.

"흠, 멀리서 온 객에게 음식이라도 대접하는 게 주인의 도리겠지. 하인들에게 식사를 준비하라 이르겠네. 그대들은 그동안 본 왕과 차나 같이 한잔하세."

"망극하옵니다. 하오나 전하, 혹여 괜찮으시다면 저희가 수라(水剌)를 바치고 싶사옵니다."

"수라라는 게 뭔가?"

"조선에서 왕의 식사를 뜻하는 높임말이옵니다."

"진선(進膳, 황제의 식사) 같은 말인가 보군. 어찌 객에게 주인이 식사를 대접받을 수 있겠는가. 그 마음만 받겠네."

"하오나, 저희가 준비한 것은 아직 황상께서도 맛보지 못한 특별한 것들이옵니다."

"어찌 친왕인 내가 황상께 불경한 짓을 할 수 있겠나. 차라리 아껴두었다가 황상께 진상하게."

말은 그렇게 하지만, 조선을 꺼리는 주기옥이 유일하게 배척하지 못하는 것이 미당을 비롯한 조선에서 들어온 새로운 음식이었다. 그는 가끔 황제의 놀이 상대를 하며 맛볼 수 있던 여러 가지 요리에 매료되었고, 황제에게 하사받은 미당을 끼니마다 음식에 넣어 조리하게 했다.

정인지는 주기옥이 내심 갈등하고 있다는 것을 눈치채고, 그를 설득할 말을 꺼냈다.

"황상께서도 맛보지 못한 특별한 요리라는 것은 어디까지나 약식(藥食)의 일종이옵니다. 같은 식재라도 어떤 이에겐 독이 될 수도 있고, 다른 이에겐 약이 될 수도 있사옵니다. 소관과 동행한 이는 조선 제일 식의(食醫)의 수제자이니, 전하께서 허락하신다면 음식을 만들기 전에 옥체를 진맥하고 약이 될 만한 식재를 골라서 약식을 만들 것이옵니다."

약이 되는 음식이란 말에 어릴 적부터 잔병치레가 잦았던 주기옥은 거부감도 잊고 금세 넘어가 버리고 말았다.

"그래? 그럼 허할 테니 내 진맥을 봐주게."

주기옥의 허락이 떨어지자, 어의 최양옥이 그의 맥을 짚고 여러 곳을 살폈다.

"전하, 송구하오나 어의가 입 안을 보아도 될지 여쭈었사옵니다."

한명회가 최양옥의 말을 통역하자, 주기옥은 입을 벌렸다.

그렇게 최양옥이 주기옥의 몸 곳곳을 살피고 나자, 주기옥이 물었다.

"본 왕의 몸 상태가 어떠한가?"

그러자 한명회가 최양옥의 말을 통역해 전달하기 시작했다.

"아뢰옵기 송구하오나, 전하께서 흉통을 자주 겪고 있는지 물었사옵니다."

"그의 말이 정확하다. 내 어릴 적부터 가슴이 자주 아프고 찌르는 듯한 통증에 시달리고 있도다."

"또한 식사의 양이 많고, 속이 더부룩하며 답답한 증세가 자주 오지 않는지 여쭈었습니다."

"허, 그대의 말이 전부 맞다. 이렇게 한 번 보고 그걸 다 알아냈단 말이냐? 과연 대단하구나."

"아뢰옵기 송구하오나, 흉통은 전하의 심장과 위가 좋지 않아 생기는 증세이며, 음식을 조절하지 않으면 장차 큰 병이 생길 수 있다고 하옵니다."

"그게 정말인가? 그럼 어떻게 해야 하지?"

"다행히도 전하의 연치가 아직 적어 지금부터라도 음식을 가리고, 양생법에 매진하면 천수를 누릴 수 있을 것이라 하옵니다."

"내가 오늘 뜻하지 않게 귀인을 만나게 되었구나. 좀 더 자세히 설명해 보게."

그렇게 조선에서도 손꼽힐 만한 설득력, 혹은 혀 놀림이라 부를 만한 능력을 갖춘 정인지와 한명회가 합작해 주기옥을 구워삶기 시작했고, 그들이 가져온 재료로 차려진 약식을 맛보게 했다.

"흠, 약식이라고 해도 맛은 그리 떨어지지 않는구나. 정말 잘 먹었네."

"망극하옵니다."

한명회가 최양옥의 말을 통역해 주기옥에게 전달했다.

"어의가 전하께서 피해야 할 식재와 이로운 식재에 대해서 정리한 것을 진상하겠다고 하옵니다."

"정말 그대들의 호의에 어찌 답해야 할지 모르겠군. 비록 내가 명목상 왕부의 주인이긴 하나 그리 부유하지 못해서……."

그러자 정인지가 고개를 숙이며 말했다.

"아니옵니다. 어디까지나 소관들도 새로 즉위하신 군주의 당부로 한 일이오니, 그저 아조의 호의로 보아주시옵소서."

"알겠네. 내 그대들과 조선국 왕의 호의를 잊지 않으마."

"전하, 물러나기 전에 약식과 더불어 가장 중요한 양생법을 알려 드리겠사옵니다."

"아, 그렇지. 양생법이 남아 있었어. 그것도 설명해 보게."

"소관이 알고 있는 양생법은 두 가지로 나눌 수 있사옵니다."

"두 가지 양생법에 차이가 있는가?"

"예, 한 가지는 나이 든 노인이 장생을 위해 행하는 방법이고, 아조의 나이 든 대신들이 매일 업무를 보기 전에 행하여 효과를 보고 있사옵니다."

"그럼 다른 한 가지는 뭔가?"

"다른 하나는 아조의 군관들이 주로 행하는 단련법이자, 조선 왕가 비전 무공의 일부이옵니다."

주기옥은 내심 자신의 나이가 아직 스물도 안 되었으니 노인들이나 한다는 장생법에 대해 부정적인 생각을 비쳤고, 왕가의 비밀스러운 무공이란 말의 어감이 멋져 후자가 더 나을 거란 생각을 했다.

"그래? 아무래도 내 연치를 생각하면 후자가 좀 더 낫겠군. 내게 무공을 알려줄 수 있겠나?"

"왕가의 비전이긴 하지만, 저희 군주의 허락도 있었으니 특별히 전하께 전수해 드릴 수 있사옵니다. 다만 비밀은 지켜주셔야 하옵니다."

"물론이지. 무릇 대국에서 무예란 비인부전(非人不傳)의 원칙이 가장 중요시되는 것이네. 남의 수련 모습을 훔쳐보는 것만 해도 큰 금기일세. 누구에게도 퍼뜨리지 않을 테니 안심하게."

"그렇다면 전하께 무공을 전수해 드리겠습니다."

그렇게 뭣도 모르고 호기롭게 후자를 선택한 주기옥은 순간적으로 돌변한 정인지와 한명회의 눈빛에 알 수 없는 오한이 들었고, 본능적으로 뭔가 잘못된 듯한 느낌을 받았다.

"소관들이 잠시 준비를 하고 있을 테니, 전하께선 편한 복장으로 갈아입으시는 게 좋을 듯합니다."

"알겠네."

그들이 먼저 준비를 하는 사이 무복으로 갈아입은 주기옥은 후원으로 이동했고, 그곳에서 첫 대면과는 다른 표정을 짓고 있는 두 사람을 만날 수 있었다.

"전하, 여기 한 조교가 먼저 동작의 시범을 보일 테니, 그것을 보시고 따라 하시면 됩니다."

주기옥은 조교가 무슨 뜻인지는 몰랐지만, 교두(敎頭)와 비슷한 뜻으로 이해하고 답했다.

"그, 그래."

주기옥은 모르는 사정이지만, 조선의 세자가 왕으로 즉위하고 나서 현재 조정에서 일하고 있는 미래의 배신자들을 불러 모은 적이 있었다.

왕은 격무에 시달리는 그들의 건강이 염려되니, 건강을 위해 육체를 단련해야 한다는 미명하에 그들을 굴리기 시작했다.

영문도 모르고 왕에게 집합당한 당사자들은 소문으로만 들었던 유격 체조와 체굴법의 악랄함에 이를 갈았지만, 왕이 몸소 시범을 보이며 그들과 같은 횟수로 운동을 하니 감히 불평이나 어떤 반론조차 할 수 없었다.

특히나 그들 중에서 젊다는 이유로 본보기로 불려 나와 다른 대신들보다 한층 더 구른 한명회는 악몽과도 같은 단련이 끝날 무렵, 주상이 작게 중얼거리는 '이제 너희의 죄를 사하노라'라고 하는 혼잣말을 우연히 듣고는, 저들과 자신이 모르는 사이에 주상께 불경죄를 지은 적이 있었는지 한참 동안 고민해야 했었다.

"소인의 동작을 천천히 따라 해보시지요."

"알겠네."

양생법의 교육은 주기옥의 나이와 약한 근력을 고려해 무난하게 시작되었다. 주기옥은 전반적으로 근육을 자극해 몸을 푸는 유격 체조의 동작 대부분을 무리 없이 소화했고, 나름 생소한 동작에 낯설어하면서도 뭔가 있어 보이는 그들의 부연 설명에 감탄하며 동작을 따라 하고 있었다.

"으윽, 이 자세론 다리가 위로 더 올라가지 않는데, 한 조교처럼 움직이긴 힘들 것 같도다."

미래에선 온몸 비틀기, 조선에선 전신회라고 부르는 동작을 수행하던 주기옥은 온몸을 떨며 고통스러워했다.

"참으셔야 하옵니다. 그대로 고개를 뻣뻣이 들고 다리를 움직여 보시옵소서."

한명회는 예전의 경험을 떠올리며 상대가 누구인지도 잠시 잊고, 자신이 왕에게 당했던 고통을 주기옥에게 내리 물려주기 시작했다.

그렇게 주기옥이 간신히 동작 한 번을 마치자, 한명회가 환한 미소를 지으며 말했다.

"잘하셨습니다. 딱 한 번만 더 하시지요."

"으으으… 끼요오오옷!"

정체불명의 소리가 주기옥의 처소에 울려 퍼졌고, 전수를 마치고 사신단을 보낸 주기옥은 그날 밤 꿈에서 돌아가신 부황(父皇)을 만날 수 있었다.

*   *   *

그 무렵, 티무르 제국의 수도인 사마르칸드엔 타이순 칸이 보낸 사신단이 도착했다.

"몽골제국에서 사신이 왔다고?"

"예, 그렇사옵니다."

티무르 제국의 현 지배자인 샤 루흐가 제국 전역의 순방을 위해 황궁을 비웠기에, 그의 맏아들이자 후계자이며 수도 총독의 직책을 가진 미르자가 부왕의 업무를 대행하는 중이었다.

"내가 알기론 우리 제국이 차가타이 칸국의 뒤를 잇고 나선 저들과 아무런 교류도 없었는데, 지금에서야 사신이 보낸 것이 무슨 속내인지 짐작이 가는 바가 있느냐?"

미르자의 물음에 소식을 가져온 바크르가 답했다.

"우리 왕조가 번성하고 있다는 소식을 듣고 다시 교류를 이어볼 목적이 아닐까요?"

"우리의 시조이신 위대한 아미르께서 황금 씨족의 적녀를 비로 맞이하시고 이 나라를 새로 세우긴 했지만, 그때도 저들은 별다른 반응이 없었지. 또한 아미르께서 밍(명나라)을 원정하려 나서셨을 때도 별다른 호응이 없었는데, 이제 와서 사신을 보낸 건 다른 목적이 있을 듯하구나."

"사신으로 온 이들의 행색이나 그들의 규모로 볼 땐, 선조들께 들었던 부유한 모습을 찾아볼 수 없었습니다. 게다가 요즘 밍에서 금보다 더 귀한 것이라며 처음 보는 향신료의 일종을 조공품이라고 가져 왔는데, 아무래도 그들의 사정이 어려워져 교류를 트기 위해 온 듯싶습니다."

"그런가. 자네 말대로 사정이 좋지 않아 본국에 손을 벌리러 왔을 수도 있겠구나."

"아직 자세한 이야기는 들어보지 못했지만, 그들은 우리에게 뭔가 바라는 게 있는 눈치였습니다."

"그래도 멀리서 온 손님들이니, 대접은 서운치 않게 해주게. 그사이 나도 자세한 사정을 좀 알아볼 테니, 나와 대면은 시간을 좀 더 두고 하는 거로 하지."

"모든 것은 총독의 뜻대로."

바크르가 고개를 숙이며 물러나자, 미르자는 내심 품고 있던 개인적인 욕구를 드러냈다.

'몽골에서 온 사신이라… 내가 모르는 지식이나 역사를 아는 이가 있으면 좋겠어. 내가 모르는 동쪽의 사정을 아는 이도 있겠지? 잘하면 우리 왕조의 정통성을 입증할 만한 기회기도 하군.'

후세에 울루그 베그라고 불리는 미르자는 현재 이슬람에서 가장 뛰어난 수학자이자 천문학자이며 동시에 역사학자이며 만인의 존경을 받는 군주였다.

*　　　*　　　*

내가 정무를 병행하며 아이들에게 맞춤형 교육을 시작한 1446년의 여름 무렵, 명에 갔던 사신단이 귀국했다.

"그간 노고가 많았네. 명의 사정은 어떻던가?"

내 물음에 정인지가 먼저 답했다.

"우선 전하께서 근황을 알아보라고 하신 우겸은 지방의 감찰관 노릇을 하다 최근 병부시랑으로 승진해서 중앙으로 복귀했사옵니다. 아뢰옵기 송구하오나, 우겸이란 자가 전하께서 근황을 알아볼 만큼 중요한 인물이옵니까?"

그는 차후 오이라트의 침공이 벌어지면 명의 운명을 결정지을 만한 중요 인물이지. 그가 없었다면 원 역사의 명은 송나라처럼 비참하게 몰락했을 수도 있었다. 하지만 그걸 알고 있는 건 나뿐이니, 정인지가 의문을 품을 만도 하겠다.

"우겸이란 자가 고(孤)와 친분이 있는 태감 왕진과 악연이 있다고 하길래, 어떤 사람인지 궁금해 알아보라 시킨 것일세."

"그렇사옵니까?"

대답하는 정인지의 표정을 보아하니, 이 정도의 설명으론 납득이 되지 않는가 보다. 하긴 정인지 정도의 재지와 눈치를 지녔으면 다른 뭔가가 있다고 느낄 법도 하겠지.

뒤편에 앉아 있는 한명회도 정인지와 비슷한 표정을 짓고 있었으니, 둘 다 우겸에겐 뭔가가 있다고 생각하고 있나 보다.

"그보다 성왕과 친분을 쌓으라고 한 일은 어찌 되었는가."

"처음엔 접견을 거부했지만, 귀국하기 직전에 만날 수 있었사옵니다. 다만 양생법을 알려주다 지나치게 몰입하는 바람에 조금……."

"양생법이라니, 대체 무슨 일이 있었기에 그러느냐?"

그러자 한명회가 내게 답했다.

"소신이 성왕에게 유격 체조를 전수했사옵니다."

저 말은 한명회가 명의 황족에게 PT를 시켰다는 거지? 주기옥의 얼굴이 볼 만했겠군.

"좀 더 소상히 고해보라."

"전하께서 명하신 대로 성왕을 만나 건강을 살피려 어의 최양옥이 진맥을 했사옵니다. 그리하여 심장과 위가 좋지 않음을 확인했고, 몸을 보하는 약식을 대접하며 조금이나마 호의를 얻었는데, 양생법을 설명하던 중 무공에 관심을 가지시기에 유격 체조를 전수하게 되었사옵니다."

"그래서 그대들은 성왕에게 배운 그대로 전수했는가?"

"아니옵니다. 소신들이 전하께서 친히 전수한 대로 하면 자칫 문제가 될까 고심하여, 횟수나 강도를 지극히 낮추었사옵니다. 하지만 전신회에 대해 알려주다가 그만… 송구하옵니다."

말끝을 흐리는 걸 보니, 가르치던 도중에 내면에 잠들어 있던 다른 인격이 깨어났었나 보군. 지난번에 내게 당한 게 그리 억울했었나? 역시 우리나라 사람들의 좋은 것을 널리 알리려는 습성은 알아줘야겠어. 일개 역관이 황족을 굴리다니, 그것참 대단하다.

난 웃음을 나오려는 걸 간신히 참고 짐짓 근엄한 표정을 지으며 말했다.

"그래서 성왕부나 명 황실에서 따로 항의라도 들어온 것이냐."

"그것은 아니옵니다."

"그럼 되었다."

"혹여 나중에 문제가 되지 않을런지요."

"그런 일이 생겨도 그대들에게 해가 되지 않게 해주겠으니, 염려 말아라."

"성은이 망극하옵니다!"

내 말을 들은 정인지와 한명회의 표정이 환하게 변했고, 내심 감격한 듯 보인다.

난 솔직히 지금 주기옥 따위가 내게 항의를 한다 해도 왕진과의 친분으로 무마할 자신도 있었고, 내게 있어 주기옥이란 놈은 원 역사보다 오래 살아주기만 하면 그만인 존재다.

그가 오래 살아줘야 내 미래의 계획이 좀 더 수월해지거든.

"먼 길 다녀오느라 피곤할 텐데, 이만 물러가 쉬게."

"망극하옵니다."

         *   *   *

1446년의 가을이 시작되자, 황희가 만들었던 염전에서 첫해
에 생산하고 묵혀 두었던 천일염의 간수가 빠졌고 시중에 판
매할 만한 품질이 되었다는 소식이 들어왔다.

"영상 대감, 그간 노고가 많으셨소이다."

"이 모든 것이 주상께서 신을 믿고 살펴주신 덕이옵니다."

"공사 당시 대감이 손수 돌을 나르면서까지 염전 완성에 신
경을 많이 썼다고 들었소. 예전의 약조대로 대감의 권리를 보
장해 주겠소."

"망극하옵니다."

"또한 그런 공을 기려 대감이 원하는 상을 내려주고자 하는
데, 바라는 게 있소?"

"아뢰옵기 송구하오나, 소신의 나이도 이제 곧 아흔에 가까
워졌사옵니다. 감히 청하옵건대, 이젠 벼슬에서 물러날 때가
된 듯하옵니다. 원컨대 상께서 윤허하신다면 소신은 은택에서
머물며 평범한 노인으로 돌아가, 얼마 남지 않은 시간이나마
주상의 치세를 누려보고 싶사옵니다."

정리하자면 이제 나이도 먹을 만큼 먹었고, 천일염을 팔면

자기 몫의 돈도 많이 생길 테니 죽기 전까지 쌓아온 부를 누려보고 싶다는 말이군.

황희가 최윤덕이 상을 치르러 낙향한 동안 나와 부쩍 친해져서 착각한 듯한데, 나 그렇게 쉬운 남자 아니거든?

"현 경창부윤(慶昌府尹) 황치신(黃致身), 불법 과전과 타인의 노비 강탈."

"……!"

"전 호조정랑 황보신(黃保身), 횡령과 부정 환곡."

"전하……. 대체 그것이 어인 말씀이시옵니까?"

그의 서자인 황중생이 일으킨 자선당 절도 사건이 미수로 끝나 그간 드러나지 않았던 아들들의 비리에 대해 내가 언급하자 황희는 많이 놀랐는지 두 눈을 부릅떴다.

"대감은 아들들이 무슨 짓을 하고 다니는지 모르고 있었소?"

황희는 정말 모르고 있었는지 놀란 표정을 거두지 못했다.

"소신은 정말 모르는 일이옵니다."

내가 사람을 부려 몰래 조사한 결과, 저 둘은 역사에 없던 죄도 짓기도 했더라. 그나마 저 집 막내인 황수신은 여자를 밝히긴 하지만, 아직까진 지은 죄가 없었다. 나중엔 아버지의 안 좋은 점만 그대로 닮아간 게 흠이긴 하지만.

"그렇소?"

"그렇사옵니다."

"실망이구려."

"소신이 자식을 잘못 가르쳐 나라에 해를 끼쳤으니, 소신에게도 벌을 내려주시옵소서."

탄핵받아서 사직할 속셈인 게 훤히 보인다.

"자식의 죄를 어찌 부모에게 물을 수 있겠소. 고(孤)가 경의 아들들을 어찌했으면 좋겠소?"

그러니 일해서 속죄하는 게 최고지.

"정녕 죄가 있다면 추국하여 죄상을 밝히고, 국법대로 처벌하는 게 지당하옵니다."

흠. 배상과 사면을 미끼로 던져보려 했더니, 황희가 방향을 바꿔 사직과 아들의 비리를 별개의 일로 취급하려는 수를 내게 던지네. 아무래도 아버지께 한 번 당해봤으니, 학습효과가 생긴 건가.

"심문 과정에서 고가 모르는 다른 여죄가 드러날 수도 있고, 의금부의 추국 과정에서 고신을 당할 수도 있는데 정녕 그리해도 되겠소?"

원 역사에서 황보신은 워낙 죄질이 나빠 체포된 후 의금부에서 고문을 당했었다고 한다. 내 말을 들은 황희는 손을 조금씩 떨더니, 결국 포기했는지 눈을 질끈 감았다.

"소신은 그저 주상의 뜻을 따르겠나이다."

음, 역시 못난 자식이라도 자식은 자식인가. 이러면 마치 내가 미래의 영화에서 본 악당 같잖아. 정말 죄를 지은 건 저 두 놈인데 왜 내가 미안함을 느껴야 하나, 어휴.

"대감의 사재로 배상하고, 대감의 아들들이 스스로 죄를 청하면 혹형 없이 바로 유배 보내는 것으로 처리하겠소. 그들이 음서직으로 관직에 올랐던 것은 알지만, 앞으로 과거를 치를 기회도 박탈할 걸세. 막내인 황수신은 죄가 없으니 그에게 별다른 조치를 하거나 불이익을 주진 않겠네."

"관대한 조치에 그저 망극할 따름이옵니다."

"또한 대감의 사직은 아직 윤허할 수 없소. 아직까진 대감을 대체할 만한 후임도 없고, 대감도 정정하니 조금만 더 고생해 주서야겠소."

"……."

본래 이쯤에서 황희의 건강이 슬슬 악화되어 거동이 불편해지기 시작했어야지만, 영양식을 고르게 먹고 건강 체조를 꾸준히 한 데다가, 몇몇 대신들과 더불어 내의원의 집중 관리 대상이 된 덕인지 아직 황희는 건강하기 그지없었다.

"그래도 천일염의 공을 인정해 대감의 지분을 더 늘려주고, 얼마 전에 완성한 신형 마차를 상으로 내리겠소."

"성은이 망극하옵니다."

"오늘은 이만 물러나시오. 자세한 이야기는 나중에 다시 합시다."

본래 대신들이 타고 다니는 마차는 기존의 가마 디자인을 채용해 언뜻 보면 가마에 바퀴가 달린 듯한 모습이었다.

난 내 전용 마차를 설계하면서 기본 구상은 유럽풍으로 잡고 조선식 장식을 적절히 섞은 마차 디자인을 채용했는데, 어느새 마차 제작 전문가가 된 조순생이 내 발상을 기가 막히게 실물로 구현해 주었다.

원래 장영실의 가마 파직 소동의 주범이었던 조순생이지만, 요즘은 그의 기술이 경지에 오른 듯하다. 육조 거리 쪽엔 마차용 주차장을 짓고 있다던데, 황희에게 내릴 새 마차를 거기에 두면 눈길 좀 끌겠지?

그건 그렇고 요즘 북방에 척후병들의 수를 늘리고 거기에 귀순한 야인들까지 동원해 오이라트의 동태를 파악하고 있기도 하다. 아직 별다른 움직임은 없지만, 역사가 틀어져 언제 전쟁이 일어날지 모르니, 하루하루가 긴장되긴 하네.

　　　　　　*　　　　　　*　　　　　　*

그 무렵 오이라트의 정예 기병들은 바얀테무르의 지도하에 화기에 대응하기 위한 훈련을 하고 있었다.

"산개!"

바얀의 지시가 떨어지자 깃발이 움직이며 뿔 나팔 소리가
울렸고, 신호를 확인한 기병들은 밀집대형에서 일정한 간격을
벌려 산개대형으로 변경했다.

"아직 반응이 늦다. 다시!"

그렇게 반복적인 훈련을 마치고 나서는, 가상의 적을 상정
하고 만든 목제 인형들에게 조선군의 것을 흉내 내어 만든 새
로운 기병창을 들고 돌격하기 시작했다. 하지만 그들이 모르
는 것이 하나 있었다.

일명 랜스 레스트(Lance rest)라고 부르는 갑옷에 달린 창 받
침대가 없어 온전히 팔의 근력만으로 기존의 것보다 무거운
창을 단단히 고정해야 하는 문제가 있었기에 절반 이상은 창
을 목표에 제대로 겨누지도 못하고 표적을 지나치고 말았다.

멀리서 그 광경을 지켜보던 에셴은 자신의 거처로 다시 들
어갔고, 곧이어 알락이 그를 따라 들어와 말을 건넸다.

"타이시, 화약을 다른 경로로 입수할 수 있을 것 같습니다."

"그게 어디냐."

"천산 인근입니다."

"지금 거긴 키르기스 놈들의 영역이 아니더냐."

"그렇습니다."

"그 허약한 놈들에게 화약을 만들 기술이 있었더냐."

"제가 알아본 결과, 원 제국 시절에 있던 기술들이 그쪽에

선 끊이지 않고 이어져 있었나 봅니다. 키르기스 놈들이 서역 쪽과 화약을 거래하고 있다는 정보가 들어왔습니다."

"그래? 날 피해 도망간 놈들에게 그런 재주가 있었구나."

"타이순 칸이 주도한 교역에 성공한다 해도 들여올 수 있는 화약의 양은 충분치 못할 것이니, 이참에 그들을 정벌해 장인들을 잡아 오는 게 어떻겠습니까?"

상대에게 화약이 있다고 하니, 분명 화기도 있을 거라고 추측한 에셴은 실전에서 보일 성능을 확인하려 출정을 결심했다.

"네 말이 옳다. 이번엔 나도 출전하마. 또한 바얀에게 명예를 회복할 기회를 주겠다."

"바얀이 기뻐할 것입니다."

"키르기스 놈들에게 그들의 주인이 누군지 확인시켜 주고 나면, 그다음은 명의 차례다."

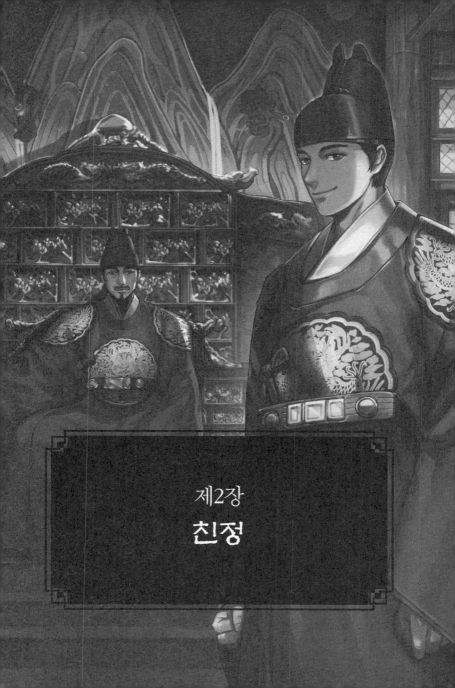

제2장
친정

　삼 년 동안 염전에서 생산하고 묵혀두었던 소금의 양을 확인해 보니, 그 양이 500t에 가까웠다. 미래에 비하면 보잘것없는 생산량이지만, 지금 조선의 시중에 풀리면 시장 질서를 파괴하고도 모자라서 수많은 사람의 생계를 위협할 수 있다.

　시장에 미칠 영향을 최소화하기 위해 간수가 제거된 천일염만 골라 양을 조절해 서서히 시중에 풀기 시작했지만, 상대적으로 값싼 소금이 풀리자 기존 소금 업계 쪽의 반발이나 불만이 쏟아지기 시작했으며 그들의 불만은 상소로 변해 내게 날아들었다.

이해관계에 얽힌 일부 대신들은 영의정이 사사로이 소금을 만드는 일을 그만두게 해야 한다고 간언했으며, 소수는 황희를 탄핵해야 한다고 주장하기도 했다.

　난 그들의 주장을 일축하고, 소금 업자들이 염전을 만드는 권리를 입찰하도록 지시했다. 결국 해당 건은 호조에서 처리하도록 결정되었다.

　그 이후 직접 이해가 얽힌 당사자인 황희가 나서서 소금 상인들이나 지주들의 불만을 잠재우기 위해 조율에 나섰다.

　그러자 기존의 자염을 유통하던 상인들은 천일염은 하급이고, 자염이야말로 진귀한 소금이라고 선전하며 전략을 바꾸기 시작했다.

　그렇게 1446년은 대부분 전쟁에 대비해 군을 훈련하며 소금의 공급에 신경 쓰며 지냈고, 1447년의 새해가 밝자 내가 그간 북방 쪽에 풀어두었던 소식통들에게서 여러 소식이 들어왔다.

　오이라트의 군이 천산북로, 즉 실크로드라고 부르는 지방의 일대를 정벌했다는 소식을 들을 수 있었다.

　명과 일전을 앞두고 고비사막을 건너 저기까지 정벌할 만한 이유가 있는 건가? 흠, 에센의 의중이 뭔진 모르겠지만, 그의 진정한 목적이 뭘까.

　한참 동안 전자사전까지 뒤져가며 고민하던 중, 어떤 대목이 눈에 들어왔다. 이 당시 실크로드에서 화약이 거래되고 있었다는 기록이었는데… 설마 에센이 화약을 노리고 거기 간 건가?

그러자 최근 목적을 알 수 없던 그의 행적들이 대부분 설명되는 듯한 기분이 들었다. 그놈은 분명 우리 군에서 쓰는 화기를 보고 화기를 손에 넣으려 한 것이었다.

그렇다면 우리도 거기에 맞춰 대응해야 한다. 난 총통위와 국경선에 전진 배치 중인 지휘관들에게 사정을 알리는 서신을 보내면서, 최대한 많은 의원을 모으기 시작했다.

*   *   *

1447년의 여름이 시작될 무렵, 3만의 군을 이끈 오이라트의 기습적인 침공이 시작되었다.

그들은 신속하게 진군해 명에서 대응하기 전에 북쪽 방위선의 요지인 양성의 묘아장(猫兒庄)을 함락시키고, 보급선을 정비하며 1만의 선봉군을 보내 최고 요충지인 대동으로 진격을 계속했다.

"현감 나리, 이적의 습격입니다!"

"뭐? 그게 정말인가? 설마 북쪽의 방어진이 함락되기라도 한 건가?"

"자세한 사정은 모르나, 파발이 전하길 이적의 군대가 이십 리(약 11㎞) 밖에 도달했다고 합니다."

"당장 왕 도독에게 이 소식을 전해야 한다. 그리고……."

갑작스러운 상황에 잠시 공황 상태에 빠진 현감을 대신해 그의 부관이 외쳤다.

"당장 백성들을 성안으로 피난시키고, 천호(千戶, 천인장)들을 불러 군을 소집하라 이르겠습니다!"

"그래, 자네 말대로 하게."

그렇게 오이라트 군이 대동부에 도착할 때쯤에 두 개의 천인대에서 천이백의 병사가 소집되었고, 지방 지휘관인 천호장분이 분통을 터뜨렸다.

"군호의 정규 편제를 급하게 모으는 것이 어려운 일이란 건 알지만, 모인 병사가 겨우 반절 정도라니 이게 말이 되는가!"

그러자 백인장 격인 백호(百戶) 정흠이 그에게 답했다.

"묘아장을 방어하던 군이 참패했고, 수만의 이적이 몰려온다는 소식을 듣고 도망친 병사들이 많습니다. 일부는 농민들을 징발해서 이 정도나마 모은 것입니다."

사실 급하게나마 저만큼이라도 병력을 모은 관리들을 칭찬해주어야 했지만, 그럴 사정이 되지 못했다.

"이 빌어먹을 것들……. 어쩔 수 없군. 성벽에 의지해서 구원군이 도착할 때까지 버틸 수밖에."

정흠이 성을 둘러싸고 포진하는 오이라트군을 둘러보며 말했다.

"저 이적 놈들에겐 별다른 공성용 장비가 보이지 않습니다. 아군이 화포로 대응하며 버티면 도독께서 반드시 원군을 끌고 오실 것입니다."

"당장 성벽 위에 포를 올리도록 조치하게."

"알겠습니다."

그렇게 명군이 성벽 위에 화포를 올려 발사하려는데, 다른 문제가 생겼다.

"뭐? 화포를 다룰 줄 아는 이가 거의 없다고?"

"아무래도 대부분 도망간 것 같습니다……."

이들은 화약과 화포를 여럿 보유하고 있었지만, 보안을 너무 철저하게 지키려다 보니 그것을 다룰 줄 아는 숙련병의 수도 극히 적었다.

"안 되겠군. 자네가 나서서 당장에라도 발포할 수 있도록 준비하게."

"소관 역시 보군만 지휘한지라, 화포에 대해 잘 모르긴 매한가지입니다……."

장흠은 분노보다 황당함을 느꼈지만, 감정을 추스르고 말했다.

"그럼 여기 지휘권은 잠시 자네에게 맡기지. 화포는 내가 직접 살펴보겠네."

"알겠습니다."

그렇게 장분이 병졸들에게 손수 화포에 화약 재는 법을 가르치려고 할 때, 화포의 꿍음이 울리기 시작했다.

"누구야! 누가 감히 본관의 지시도 받지 않고 멋대로 발포한 거냐?"

그러나 이들 중에선 그 누구도 화포를 발사한 사람은 없었다. 화포를 발사한 것은 바로 오이라트 군이었기 때문이다.

*　　　*　　　*

대동으로 구원군을 이끌고 출병 준비를 하던 산서성 도독왕귀(王貴)에게 비보가 들어왔다.

"대동의 성이 겨우 반나절 만에 함락되었다고?"

그러자 그의 부관이 답했다.

"그렇다고 합니다."

"허, 그럼 지금쯤이면 대동부 이남에 있는 태원부도 위험하겠구나."

"어쩌면 그곳의 요지도 이미 함락되었을 수도 있습니다."

"도독, 상황이 급박하니 군을 우회하여 대동현의 북동쪽 방어선인 선부(宣府)에 포진하신 다음 이적들의 보급선을 차단하는 것이 어떻겠사옵니까? 그곳의 주둔군과 합류하면 대략 삼만의 군세가 완성되옵니다. 태원 남쪽 방위선은 저희 뒤를 따르는 평향백 대인께 맡기시지요."

황제의 명도 없이 정해진 방침에서 벗어나 군을 움직이는 것은 위험한 일이었지만, 왕귀는 당장 급박한 외침을 막아내는 게 우선이라 생각해 결정을 내렸다.

"그래, 차라리 그쪽이 낫겠군. 모든 책임은 내가 지겠네."

그렇게 왕귀가 일만의 군을 끌고 선부로 이동을 시작했을 때 사정을 파악한 명나라 조정에서 그에게 전령을 보냈다.

"조서에 뭐라고 적혀 있습니까?"

"그대로 선부로 이동해서 이적을 막고 있으라고 하는군."

"지원 병력은 언제 온다고 합니까?"

"거기까진 적혀 있지 않았네."

그렇게 왕귀의 군이 선부에 도착할 무렵, 미리 그들의 이동을 파악한 에센의 본대가 한밤중에 숙영 중이던 그들에게 야습을 걸었다.

"당황하지 말고 진을 정비하고 화포를 준비해라!"

하지만 에센은 지난 천산 정벌에서 경험한바, 야간에 사방이 트인 평지에서 화포를 사용하는 것은 악수임을 알고 있었다.

"준비되는 대로 쏴라! 어서 쏴!"

통제 없이 무분별한 화포 사격이 시작됐지만, 에센의 군은 별다른 피해를 보지 않았다.

칠흑 같은 어둠 속에서 아무런 횃불 하나 없이 명군에게 야습을 시도한 에센군을 화포로 명중시키는 것은 기적이나 다름없었기 때문이다.

급하게 휴대용 사석포를 준비하던 명군의 병졸들은 아군의 불빛으로 인해 손쉬운 표적이 되어 화살 공격을 받고 쓰러지기 시작했다.

그렇게 명군의 불길이 사그라들기 시작하자, 준비하고 있던 에센의 중기병들이 돌격했다.

*   *   *

"대동과 태원이 함락된 것도 모자라 왕귀군도 패배했다고?"

북방의 소식을 접한 정통제에게 왕진이 답했다.

"예, 송구하오나 그렇다고 하옵니다. 지휘관인 산서성 도독 왕귀의 생사도 알 수 없다 하옵니다."

"허, 무능한 제장들이 무도한 이적 놈들의 기세만 올려준 셈이로구나."

"황상, 이대로 북방을 방치할 수는 없사옵니다. 북의 다른 지방에서 구원을 청하는 서신이 수없이 들어오고 있다고 하옵니다. 이대로 두면 경사(京師, 수도)가 위험할 수도 있사옵니다."

"짐도 그 정돈 알고 있다. 대신들을 모두 소집하라."

"명을 받들겠사옵니다."

그렇게 모인 명의 대신들과 황제가 북방의 변란에 어찌 대응할지 논의하던 중, 왕진이 고민했다.

'이참에 황상께 친정을 권하고, 저 이적들을 정벌하면 황상께서 기뻐하시지 않을까? 아니지, 그래도 야인들의 기세가 흉험하니 자칫 잘못하면 황상이 위험하실지도 몰라. 흠, 이를 어쩌면 좋지?'

그렇게 왕진이 회의를 지켜보며 고민하고 있을 때, 침묵하고 있던 황제의 입이 떨어졌다.

"짐이 친정에 나설 것이다."

"폐하! 뜻을 거두어주시옵소서!"

모든 대신이 황제를 말려보려 하나, 정통제의 의지는 확고했다.

"지금 북방에선 단 한 번의 승전도 없이 북방의 요충지인 구변(九邊)의 절반가량이 함락되었다! 이는 나라에 인재가 없고, 군재를 가진 장수가 없기에 일어난 일이니 천운을 타고난 짐이 나서서 저 이적들을 징벌할 것이다."

그러자 왕진이 무릎을 꿇고 말했다.

"소신의 미욱한 능력이나마 보태, 황상을 보좌하겠나이다."

"그래. 경들도 보았는가? 내관인 왕 태감도 나서서 짐을 도우려고 하는데, 국가의 중신이란 자들은 대체 무엇을 하고 있는가?"

그러자 분위기에 휩쓸린 대신들이 무릎을 꿇으면서 황제의 친정을 보좌하겠다고 나섰다.

"그래, 짐만 믿거라. 짐의 황군이 나서면 저 무도한 오랑캐 따윈 금세 도망치기 바빠질 테니."

*　　　　*　　　　*

드디어 올 것이 왔다.

명에서 보낸 사신이 도착한 것이다. 사정이 급박했는지 육로가 아닌 해로를 이용해 도성에 도착했고, 태평관에 짐도 풀지 않고 곧장 내게 알현을 요청했다.

"전하, 황상께서 직접 친정에 나서실 것이니, 제후국인 조선에서도 도리를 다해 병사를 보낼 것을 명하셨사옵니다."

사신으로 온 이는 통정사(通政司) 소속인 주영이란 문관이었는데, 직급은 5품 참의급인 걸 보아 고려 천자께서 친정에 나서며 고위 관원들도 총동원한 듯싶었다.

"그래, 황상께서 그리 요청하시는데 번국의 의무를 소홀히

할 순 없지. 황상께선 친정에 나설 병력을 얼마나 동원하셨는가?"

"소관이 본국을 떠나기 전에 듣기론, 50만 대군을 준비하고 있다고 들었습니다."

50만이 뉘 집 개 이름이냐. 내가 파악한 바론 명나라 북방 방위군 총원을 전부 긁어모아야 50만이 될까 말까 한다. 아무튼 예나 지금이나 저놈들 허풍은 알아줘야 해.

"보급원이나 잡역부 같은 비전투원을 제외하고, 실질적인 병력의 수를 묻는 걸세. 아조에서 황상을 도우려면 자세한 현황은 알아야 할 것 아닌가."

"소관의 관할이 아니라 자세히는 모르겠사오나, 이십만 정도가 되지 않을까 사료되옵니다."

흠. 저것도 좀 걸러서 들을 필요가 있겠지만, 대략 10만에서 20만 사이라는 말이군. 그렇게 난 한참 동안 지휘관이나 편제에 관해 물은 다음 접견을 마치기로 마음먹었다.

"고(孤)가 대신들과 상의하여 군을 준비하고, 황상을 따라 출병시킬 터이니, 물러나 쉬게나."

"망극하옵니다, 전하."

그렇게 사신단이 물러난 후 난 긴급 대책 회의를 소집했다.

"모두 소식을 들었다시피, 오이라트의 달자들이 명국을 침공해 북방을 어지럽히고 있다고 하오. 또한 황제께서 친정을 준비하며 아국에 구원군을 요청했소."

그러자 그동안 나와 토론 모임을 자주 가져 미리 공감대를 얻었던 대신들이 지지의 의사를 표했고, 마지막으로 우의정 황보인이 출병을 지지하는 말을 꺼냈다.

"아조의 정예군이 국경에 배치되어 만반의 준비 중이오니, 주상 전하께서 명만 내리신다면 바로 출병할 수 있사옵니다."

그러자 토론 때마다 출병에 부정적인 의견을 가졌던 병조판서 민신이 다른 의견을 내었다.

"전하. 아뢰옵기 송구하오나, 군을 움직이는 것은 신중하게 결정해야 할 문제라고 사료되옵니다. 명이 상국이라곤 하나 저들의 분쟁에 굳이 끼어들 필요가 있겠사옵니까. 실제로 출병하지 않고 적당히 호응하는 척만 해도, 명의 대군이 야인들을 몰아낼 것이옵니다."

사실 원 역사의 토목의 변 당시, 조선은 국력을 아끼려 병력이 아닌 군마 1만 필만 보내주고 말았고, 건강이 악화된 아버지께서 종기로 쓰러진 날 대행해 대책 회의와 정무를 보시다 돌아가시게 만든 원인이기도 했다.

하지만 조선의 국력은 한층 더 강해졌고, 이 나라의 미래를 생각해서라도 이 기회는 절대 놓칠 수 없다.

"병판, 좀 전에 사신단을 만나 황군에 대해 들을 수 있었는데, 고가 사정을 헤아려 보니 저들이 말하는 것처럼 전망이

밝지 않았네."

"전하께서 짐작하신 바를 소신이 들을 수 있겠사옵니까?"

"일단 저들은 병력 오십만을 동원한다고 했으나, 그중 실질적인 병력은 대략 10만 정도일세. 나머진 이름만 올린 이들이 대부분이고, 비전투원이 더 많네. 만약 오십만을 동원할 수 있다 해도 소집에 걸리는 시간 때문에 한 번에 움직일 수 없도다. 또한 정예군의 다수가 북방에서 전멸당하거나 포로로 잡혀 있는 상황에서 급하게 모은 군대가 실전에서 얼마나 잘 싸울 수 있겠는가. 사실 이대로 가면 황군은 패할 수밖에 없도다."

그리고 오이라트도 맘만 먹으면, 휘하의 속국들이나 북원의 병력을 모아 10만 정돈 더 동원할 수 있다.

게다가 노는 재능을 빼면 무능하기 짝이 없는 우리 고려 천자께서 친히 군을 지휘하신다는데, 그 결과는 안 봐도 뻔하지.

"주상 전하께서 어심을 굳히셨다면, 소신은 더 의의를 표하지 않겠사옵니다."

"병판의 의견이 그르다는 것은 아니네. 사정이 저렇지 않았으면 적당히 군수품 정도나 지원했을 걸세. 하지만 명의 전황이 위급하고, 황군마저 패하면 아국에도 미칠 여파가 상당하네. 자칫 잘못하면 달자들이 지난번처럼 아국의 국경을 도모

할 염려도 있도다. 그러하여 출병을 결정한 것이로다."

오이라트 놈들이 한 번 쳐들어온 덕분인지, 민신을 비롯한 반대파들의 의견이 사그라지기 시작했다.

그렇게 며칠 동안 대책 회의가 진행되었다. 파견될 병력의 규모와 보급선 등 여러 가지가 결정되었고, 누굴 원정군의 대장으로 보낼지 의견이 오고 갔다.

의견이 함길도 절제사인 이징옥으로 대세가 기울 무렵, 나도 그간 숨기고 있던 의중을 말로 꺼냈다.

"고 역시, 이번 원정에 나설 것이로다."

그러자, 편전이 다시금 소란스러워지기 시작했다.

*   *   *

편전에 불이라도 난 듯 분위기가 달아올랐고, 대신들이 날 만류하기에 난 손짓으로 좌중을 조용히 시키며 말을 꺼냈다.

"고가 친정을 나서긴 하겠으나, 어디까지나 국경에 머물며 후방을 안정시키려는 목적일세."

황희가 먼저 나서서 나를 설득하려 했다.

"하오나 주상께서 궁을 비우실 수는 없사옵니다. 또한 세자 저하의 연치가 적어 전하를 대행할 만한 분도 없으니, 부디 뜻을 거두어주시옵소서."

홍위가 어려서 날 대행할 사람이 없다고? 은퇴하시면서 이
천에서 한가히 계신 아버지의 존재를 잊은 거냐.

"고가 친정에 나서면 상왕 전하께 업무를 대행해 달라고 부
탁할 생각일세."

"하오나 자칫 잘못하면……."

황희가 말꼬리를 흐리는 이유는 나도 안다. 즉위한 지 얼마
안 된 왕이 궁을 비우면 권력이 분산될 수도 있고, 사특한 마
음을 품는 무리가 생길 수도 있지.

하지만 나와 아버지의 유대는 대신들이 생각하는 것 이상
으로 깊고 강하다.

"고는 이미 결심을 굳혔으니, 결정을 번복하지 않을 것이다."

그리고 내 계획이 성공하려면 이번만큼은 내가 직접 나서
야 하는 게 맞다. 미래의 역사 지식을 알아야 그 수라장에서
실시간으로 들어오는 정보를 보고, 유리한 쪽으로의 조정이
가능하기 때문이다. 나도 수많은 고민 끝에 결정한 거니 어쩔
수 없다.

재차 들어오는 반대의 의사에도 내가 뜻을 바꾸지 않자, 결
국 대신들도 포기하고 친정이 결정되었다.

그날 밤 침전에 들자, 중전이 편전에서 일어난 일에 대해 들
었는지 내게 말했다.

"전하, 진정 친정에 나서실 결심엔 변함이 없사옵니까?"

"그렇소. 이는 종묘사직의 대를 이을 홍위를 위해서라도 필요한 일이니, 이번만큼은 중전이라도 내 마음을 돌릴 수 없소."

"소첩은 전하께서 나랏일에 관해 결정한 것이라면, 그저 믿고 따를 뿐이옵니다. 다만 부디 옥체 보중하소서."

"고맙소."

그렇게 삼 일의 시간이 흘러 명에서 온 사신이 배를 타고 귀환했고, 난 열흘 뒤 군과 나를 호종할 일부 신하들을 이끌고 북으로 향했다.

*   *   *

"그래, 소리 높여 노래 부르라!"

친정에 나선 정통제는 화려한 갑옷과 비단옷으로 장식한 황군에게 자신을 찬양하는 노래를 부르게 했으며, 그 자신은 호화스러운 상로(象輅, 코끼리가 끄는 어가)에 타고 산서성으로 향했다.

그 와중에 난을 피해 남하하는 백성들을 보곤, 군의 보급품을 멋대로 나누어 주었고 그들의 칭송을 듣고는 전쟁도 치르지 않고 승리한 듯한 기분에 취했다.

그런 황제에게 왕진이 말을 꺼냈다.

"폐하, 내일이면 산서성의 영역에 진입할 것이라 하옵니다."

"그래, 이적 놈들의 군대를 발견한 소식은 없는가?"

"아직은 없다고 하옵니다. 만약 나타난다 해도 황상의 위엄을 보고 바로 도망치지 않겠사옵니까?"

"그렇지. 이런 식이면 대동현까진 금방 도착할 수 있겠어. 목적지인 대동만 수복하고 나면, 저 무도한 이적 놈들도 보급선에 문제가 생겨 물러설 수밖에 없을 것이다."

"소신이 소식을 듣자 하니, 조선의 왕 이향(李珦)이 직접 원군을 이끌고 출병했다 하옵니다."

"하하하! 세자 시절부터 아조를 잘 섬겼다고 하더니, 왕이 되어서도 그 충심이 변함없구나. 정녕 기특하기 그지없어. 풍문을 듣자 하니 자네와도 친분이 깊다고 들었는데 정말인가?"

"예, 그렇사옵니다."

"나중에 그를 불러 그의 전공을 치하하고 큰 상을 내려주어야겠어."

"조선 왕 역시 폐하의 황은에 깊이 감복할 것이옵니다."

"날씨도 이리 좋으니 전쟁터가 아니라 순행이라도 나온 듯하구나."

황제가 철없는 말을 지껄일 때, 갑옷을 입은 채로 땀을 흘리는 군인들은 목이 터지라고 노래까지 부르니 체력의 소모가 한층 더 심해졌다.

그런 병사들을 지켜보던 병부상서 광야(鄺埜)가 황제에게 청했다.

"황상, 병사들이 많이 지친 듯한데 잠시 쉬고 물이라도 먹이는 것이 어떻겠습니까?"

"휴식하고 끼니를 먹은 지 두 시진이 채 안 되었는데, 그게 될 법한 소리인가? 한시라도 빨리 대동을 탈환하고 이적을 몰아내야 하건만. 쯧쯧… 병부상서란 이가 이리도 생각이 없어서야. 전임인 왕기가 차라리 나았군."

"송구하옵니다."

황제에게 면박을 듣고 물러난 광야는 끝까지 친정을 반대하던 병부시랑 우겸이 생각났다.

'우 선생의 주장이 한 치도 그르지 않았군. 황상은 지금까지 눈과 귀가 가려진 채로 살아 실태를 직접 보고도 아무것도 모르고 있어.'

*   *   *

난 내금위와 겸사복 오백 명과 도성에서 훈련 중이던 총통위장 김경손 휘하 총통위 오천을 이끌고 압록강에 도착했다.

그러자 날 마중 나온 이징옥과 남빈, 그리고 최광손이 보였다.

"주상 전하 천세! 천천세!"

이징옥이 먼저 선창하자, 내가 도착했다는 소식을 들은 북방 양도의 정예군들이 모여서 천세를 외쳤고, 곧바로 위화도가 보이는 강변에 집결해 있던 오만에 달하는 대군이 뒤따라서 천세를 외치자 엄청난 울림이 되었다.

이것 참… 돈 주고도 볼 수 없는 장관이군.

"원봉(圓峰) 대감, 그간 별래 무양했는가?"

이징옥이 내 인사를 받자, 철판 갑옷을 입은 그대로 사배를 올렸고 뒤따라 남빈과 최광손이 절을 했다.

"소신은 그저 주어진 공무에 충실해지려 노력하고 있사옵니다. 또한 주상 전하의 은덕으로 여러 공을 세울 수 있었사옵니다."

"그런가. 남 중군, 이게 몇 년 만인가? 아들은 잘 크고 있겠지?"

내가 기억하기론 남빈의 아들 남이(南怡)는 홍위와 동갑이었을 거다. 북방 근무가 길어지자, 처자식도 데리고 간 것으로 기억하기에 남이의 근황이 궁금하긴 했다.

"전하께서 소신의 불초 가아를 잊지 않고 기억해 주시니 영광이옵니다. 아이는 건강하게 잘 자라고 있사옵니다."

"그래, 그러고 보니 광손은 못 본 사이에 인상이 많이 변했군. 이제 누가 봐도 천생 무관이라고 하겠어."

최광손은 안 본 사이에 온화한 아버지랑 다르게 험악한 인상으로 변했다. 얼굴만으로도 사람 죽일 만한 기세네.

"전부 전하의 은덕이옵니다. 성은이 망극하옵니다."

그런데 정작 최광손은 나와 눈도 제대로 못 마주치네. 아직도 날 무서워하는 건가?

"고가 일전에 장계로 알린 것처럼, 함길도 절제사를 도원수(都元帥)로 임명해 원정을 맡길 것이며 그의 업무 대행은 현 평안도 절제사 성승에게 맡길 것이네. 또한 고가 이곳에 머물며 혹시 모를 변란에 대비할 것이니, 제신들은 고의 명을 받들라."

"삼가 명을 받들겠사옵니다!"

"도원수, 이것이 내가 그대에게 내리는 부월(斧鉞)일세."

"망극하옵니다."

이번 원정을 위해 새로 제작하게 한 금은으로 장식된 부월을 받은 이징옥은 다시 한번 절을 올렸다.

"그리고 이것은 고가 그대에게 내리는 밀지이니, 명의 영역에 들어가서 명군과 접촉하기 전에 반드시 확인해 보게나."

"명심하겠사옵니다."

"그대들의 무운을 비네."

그렇게 이징옥의 원정군 삼만이 나와 동행했던 총통위와 같이 출발하려고 하는데 나도 모르게 그들 앞에서 뭐라도 한

마디 해줘야 할 것 같아, 큰소리를 질렀다.

"제군들은 듣거라!"

내가 성량이 이 정도였나?

출정을 떠나는 군사들의 시선이 일제히 내게 쏠렸다.

"과인은 그대들이 어째서 이역만리인 타국의 전쟁에 끼어들어 원정을 나서야 하는지, 이해하지 못한 자들도 많다고 생각한다."

내가 갑자기 현실적인 부분을 지적하자, 장수들의 표정이 뜨악하게 변했다.

"이는 너희의 가족을 지키기 위한 싸움도 아니고, 개죽음을 당할 수도 있으니 당연히 품을 수 있는 의문이로다!"

내 말을 들은 이징옥이 당황한 표정을 짓고 있었다. 하지만 내 말은 아직 끝난 게 아니다.

"과인이 단 한 가지만 약속하겠다. 너희가 싸우다 죽으면 나라의 공신으로 인정하고, 빠짐없이 공신록에 이름을 올릴 것이다. 또한 매년 나라에서 제사를 지내줄 것이다. 그리고 나라에서 너희의 가족을 책임지고 돌보아줄 것이다."

파격적인 제안을 들은 병사들의 표정이 서서히 변하기 시작한다.

"이 싸움은 이 나라의 백 년, 아니, 어쩌면 천 년의 대계를 결정지을 중요한 전쟁이로다. 이 싸움은 사서에 남아 후세에 대대로 전해질 것이고, 그대들이야말로 장차 이 나라의 국운을 책임질 정병인 것이다."

삼만오천의 병사들이 일제히 합창하듯 답했다.

"그렇습니다—!"

말을 하던 중 위화도가 내 시야에 들어오자, 증조부이신 태조 대왕의 일이 생각났다.

"그래, 자부심을 가져라! 태조 대왕께선 저기 보이는 위화도에서 시작해 조선의 터전을 세우셨다. 그대들은 태조 대왕의 병사들처럼 조선의 새로운 기둥을 세울 영웅호걸인 것이다!"

"와— 와아—! 주상 전하 천세! 천세!"

아까와는 비교도 안 될 만한 함성이 터져 나왔다.

*　　　　*　　　　*

그날 저녁, 숙영지에 의외의 인물이 날 찾아왔다.

"소신, 대호군(大護軍) 내요곤이 주상 전하를 뵙사옵니다."

"그래, 그대도 안 본 사이에 조선말이 능통해졌군."

"주상 전하의 녹을 먹는 신하이니, 당연히 힘써 익혔사옵니다."

"그러한가. 고를 찾아온 이유가 따로 있는가?"

"소신이 미력하게나마 전하를 돕고자, 물자들을 바치려 하옵니다."

"그대의 마음 씀씀이가 갸륵하도다. 내 마음 같아선 잔치라
도 열어주고 싶지만, 전시 중이라 술을 내릴 수는 없으니, 나
중에 따로 답례하도록 하지."

"망극하옵니다."

그렇게 내요곤이 가져온 물자들을 살펴보니, 대부분이 식
량들이었다. 저들이 요즘 파저강 인근에서 농사를 짓고 산다
더니, 콩과 탈곡한 보리, 그리고 밀과 순무가 한가득 쌓여 있
었다. 이걸 적당히 가공해 원정군에게 보급하면 큰 도움이 될
거다.

다음 날 아침, 내 시중을 들기 위해 따라온 김처선에게 지
시했다.

"처선아, 과인을 따라온 숙수들과 군에서 취사를 맡은 이들
을 전부 불러 모아라."

"명을 따르겠사옵니다."

난 그렇게 불려 나온 이들에게 지시했다.

"여기 있는 대맥과 소맥을 전부 새로운 떡으로 만들 것이
다."

지금 내가 만들려고 하는 것은 미래에서 건빵이라고 부르
는 보존식인데, 아무래도 재료가 제한되어 있으니 조금 변형
시켜야 할 듯하다.

"이것들을 절구에 넣고 전부 빻아서 가루로 만들라."

그렇게 숙수들이 한 주가량 내 명에 따라 군졸들을 부려 만든 밀가루와 보릿가루들이 완성되자, 그사이 군관들이 근처의 마을을 돌며 얻어 온 술지게미를 섞어 배합에 맞춰 반죽했고, 완성된 반죽들을 먼저 발효 숙성시키기 시작했다.

반죽하는 과정에서 인력이 턱없이 모자라기에, 나도 손수 나서서 빵 반죽을 만들기 시작했다.

그러자 김처선이 안절부절못한 자세를 취하며 내게 말했다.

"전하, 어찌하여 친히 이런 일을 하시려 하옵니까. 부디 다른 이들을 부리시옵소서."

"타국에서 고생하는 군졸들을 위해서라면 이 정도 일하는 게 대수겠느냐. 게다가 여긴 궁이 아니니, 내가 눈치 볼 대간들도 없지 않으냐."

그러자 좌부승지인 성삼문이 어느새 업무를 마쳤는지 따라나와 손을 걷어붙이며 말했다.

"전하, 소신도 돕겠사옵니다. 이걸 떡 주무르듯이 주무르면 되겠사옵니까?"

"청죽, 자네는 근력이 약해 별로 도움이 안 될 걸세. 차라리 저기서 절임에 쓸 만청 다듬는 거나 돕게나."

그러자 성삼문은 쓰고 있던 안경을 추켜올리며, 시무룩한 표정을 지었다.

"소신도 근자에 여유가 생겨 양생법을 나름 행해보긴 했으나, 도저히 살이 붙질 않사옵니다⋯⋯."

성삼문은 멸치같이 비쩍 마른 체질은 아니지만, 신기하게 살이 안 찌는 체질이긴 했다. 나만큼은 아니지만, 미남인 성삼문이 저런 건 복 받은 거나 다름없지.

"타고난 체질이 그런 걸 어쩌겠는가. 척후나 파발에게 들어온 소식은 없었고?"

"예, 아직까진 없었사옵니다."

지금쯤이면 이징옥이 내가 내린 밀명을 열어봤을 텐데, 보고 놀랐으려나?

*　　　　*　　　　*

이향의 짐작대로 명군과 약속된 장소인 요동에서 책임자와 만나기로 한 이징옥은 만남 전에 정음으로 적힌 밀지를 열어보고 황당한 감정을 느꼈다.

— 명나라군과 접촉하면, 병력을 내세워 단독 지휘권을 확보하고 하북 인근을 돌며 시간을 끌어라. 이적과의 전투는 최대한 피하고 피치 못할 경우에만 전투를 허락하노라. 가장 중요한 것은 언제든 북경으로 신속하게 이동할 준비가 되어 있어야 한다는 것이다. 이후의 방침은 다시금 전령을 통해 전달

하겠다.

'설마 주상께선 난을 틈타 명국의 도성을 점령하실 생각이 신 건가? 혹여 그게 아니라면, 이 전쟁을 통해 내가 모르는 것 을 바라고 계신 것인가?'

이징옥을 마중 나온 요동의 책임자 요동 총병관(遼東 總兵官) 조 의(曹義)가 이징옥을 나름 극진한 태도로 맞이했다.

"먼 길 오시느라 고생이 많으셨겠소이다. 본관이 요동 총병 관이오."

그러자 이징옥이 약간 어설픈 발음의 명나라 말로 답했다.

"그렇습니까? 소장이 도원수 이가입니다."

"요동에서도 귀관의 명성이 자자하오."

"과찬이십니다. 변방의 하찮은 장수에게 명성이랄 게 있겠 습니까."

이징옥의 악명은 젊은 시절부터 야인들 사이에서 아주 유 명했고, 주로 멧돼지나 산돼지에 비유되었었다. 그러나 건주위 와의 전투에서 단기로 백여 명을 참살한 후엔 천장(天將)이란 별명이 생겨 요동까지 소문이 퍼졌기도 했다.

"평시 같으면 환영을 위해 주안상이라도 차리라고 할 텐데, 그럴 사정이 아닌 듯하오."

"마음만 받겠습니다. 그보다 원군이 필요한 곳이 어딘지 알 려주시지요. 하루만 쉬고 바로 출발하겠습니다."

"하, 그것이… 너무 많아서 고를 수가 없소. 지금 아국의 북방을 책임지는 아홉 개의 진인 구변(九邊)의 주요 요새 일곱 군데가 함락되었다 하오."

이징옥은 자신이 생각한 것보다 사태가 심각한 것을 느끼고, 궁금한 것을 물었다.

"그럼 요동 총병관께서 동원할 수 있는 병력은 얼마나 됩니까?"

"지금 황상께서 친정을 나가시며 요동에서 주둔하던 군대를 절반가량 차출하셨소. 솔직히 말하자면, 지금 가진 7천의 병력으론 요동 북쪽에 자리 잡은 후룬의 야인을 제어하기도 벅찬 실정이오. 그놈들이 이적들의 왕 에센의 지시를 받기라도 한 것인지 목초지를 핑계 삼아 서서히 남하하고 있소이다."

"대체 상황이 얼마나 심각한 겁니까?"

"솔직히 말하자면, 정강의 치욕이 재현되지 않을까 걱정 중이오."

"그건 나라가 망…….."

"그렇소, 자칫 잘못되면 이 나라는 망할 거요."

*   *   *

정통제 주기진이 대동현으로 행군하던 와중에 소규모의 오이라트 기병대를 만났다. 1천 남짓한 규모의 부대였던 그들은 처음에 전의를 가지고 덤벼들었지만, 금세 뒤따라오는 본대의 규모를 파악하곤 빠르게 후퇴했다.

"하하! 경들도 보았는가? 짐이 나서면 이적들 따위 도망치기 바쁠 것이라고 하지 않았느냐!"

그러자, 왕진이 먼저 나서서 황제를 칭송했다.

"소신은 황상의 군재가 옛 장군들보다 뛰어나다고 사료하고 있었사옵니다. 한나라의 광무제가 살아 돌아온들 폐하께 비할 수 있겠사옵니까?"

고작 1만의 군사로 수십 배의 적군을 무찌르고 곤양의 싸움(昆陽之戰)에서 승리해 후한을 세운 광무제가 들었다면 기분이 나쁘다 못해 왕진의 입을 썰어버리고 싶었겠지만, 그런 왕진의 아첨이 시작되자 다수의 대신 역시 역사 속 명장의 사례를 들어 황제를 칭송하기 바빴다.

"그래, 이젠 저 무도한 이적들의 왕에게 짐이 몸소 벌을 내려줄 차례로구나. 속히 행군을 재개하라."

그렇게 쉬지도 못하고 다시 시작된 강행군으로 인해 병사들이 체력이 바닥나 낙오하기 시작했고, 어리석은 황제는 개중 몇 명을 본보기로 삼아 형벌을 집행하고는 다시 길을 나섰다.

　　　　　*　　　　　*　　　　　*

　"타이시, 명의 황제가 이끄는 본대가 산서에 진입했다고 합니다. 어떻게 하시겠습니까?"

　"파악된 병력의 규모는 어느 정도냐."

　"교전을 벌이고 퇴각한 별동대에서 보고하길 대략 이십만이 넘어 보인다고 했습니다."

　"그런 대규모 군을 전부 한꺼번에 움직이다니, 어지간히도 자신이 있는 건가? 아니면 아무것도 모르는 건가."

　"그래도 위협이 되는 것만은 틀림없습니다. 대응안을 내려 주시지요."

　"몰이사냥을 시작한다. 그들 본대와 직접적인 교전을 피하고, 최대한 적의 보급대만을 노려라. 그러면 목표로 한 요새를 수복한들, 제풀에 지쳐 물러나겠지. 그 외엔 일만의 별동대를 두고 최대한 약탈에 집중하고, 바얀에겐 화기 연습에 매진하라 전해라."

　"명을 받들겠습니다."

　어느새 명나라군에게 빼앗은 화기가 제법 쌓였고, 명군이 얼마 쓰지도 못하고 강탈당한 화약의 양은 오이라트가 그간 천산 원정과 교역으로 거둔 화약의 양과 비교할 수 없을 정도로 아득히 많았다.

그리하여 오이라트군은 잡석을 탄환 삼아서 화포 사격 훈련을 하는 실정이었다.

오이라트군이 에센의 방침대로 움직였고, 명의 황제가 목적지인 대동으로 향할 무렵 후방의 보급대들이 하나둘씩 오이라트군에게 사냥당하기 시작했다.

*   *   *

그 무렵 조선군을 이끄는 이징옥은 도성 북경의 방위선을 지원하고, 황제의 후방을 받쳐준다는 명목으로, 명 조정의 승인하에 하북의 북쪽 경계선인 순천에 자리 잡았다.

"도원수 대감, 주상께서 보내신 식량과 전령이 도착했습니다."

남빈이 한창 역기를 들며 단련 중이던 이징옥에게 보고하자, 이징옥이 운동을 멈췄다.

"그래? 내 잠시만 의관을 정제하고 나가겠네."

잠시 후 보급대와 전령을 맞이한 이징옥은 물품을 확인하다 보급물자 사이에 생소한, 사람 손보다 조금 큰 사각형의 물체가 끼어 있는 것을 발견했다.

"이게 대체 뭔가? 단단하긴 하나 가벼운 게 돌 같진 않은데, 혹여 진을 정비할 때 쓰라고 만든 자재의 일종인가?"

그러자 보급대의 책임자로 여기까지 온 전직 이조참의이자, 지금은 말단 관리로 추락한 정창손이 이징옥에게 답했다.

"대감, 그것은 건병(健餠)이라고 하여 주상 전하께서 새로이 만들게 하신 건량이옵니다. 또한, 개중 일부는 주상께서 손수 반죽을 하셨습니다."

"그게 정말인가?"

"예."

왕을 따라 종군한 관리들은 졸지에 손이 부족하다는 이유로 왕을 따라 별의별 잡일을 다 하게 되었고, 정창손 역시 거기서 예외일 수는 없었다.

"성은이 망극하옵니다!"

이징옥이 임금이 계신 방향으로 절을 하자, 주변에 있던 병졸들도 진심으로 감복해 따라 절을 했다.

"그런데 이건 대체 어떻게 먹어야 하는가? 지나치게 단단한 것이 그냥 먹다간 병졸들의 이가 상할 것 같은데."

"주상께서 하교하시길, 물에 불려 죽을 끓이면 된다고 하셨사옵니다. 어디까지나 비상용 건량이니 오래 보존하는 것에 중점을 두고 만드셨다고 하셨사옵니다."

"그런가. 그리 무겁지 않으니, 병사당 두어 개씩 휴대하게 하면 되겠군."

"또한 대감께 전달할 밀지가 있사오니, 사람이 없는 곳으로 가시지요."

"알겠네. 본관을 따라오게."

그렇게 막사에서 밀지를 건네받은 이징옥이 물었다.

"주상께서 본관께 따로 하교하신 바는 없던가?"

"예, 별다른 하교는 없으셨습니다. 밀지만 전달하라 이르셨습니다."

"알겠네. 먼 길 오느라 고생했을 텐데 사람을 불러 쉴 곳을 안내하라 이르지."

"감사합니다, 대감."

그렇게 정창손을 내보낸 이징옥은 밀지를 읽어보았는데 그 내용을 요약하자면 다음과 같았다.

만약 친정 중인 황제의 군이 패배했다는 소식을 듣게 된다면 절대 당황하지 말고 별동대를 운영해 현지에서 물자 수급에만 전념하라는 내용이었고, 말미에 추가적인 증원군이 파견될 수 있다는 말이 적혀 있었다.

'대체 주상께서는 어떤 계획을 흉중에 품고 계신 거지? 이 전쟁에서 황군이 야인에게 대패할 것이라 짐작하신 듯한데, 구원을 하는 게 아니라 물자를 모으는 데만 전념하라고 하시니……. 이것은 명국의 힘이 빠지길 기다리시는 것인가?'

이징옥은 이제껏 받은 지시의 의도가 그제야 조금 이해가 되었다.

'주상께서 종국에 어떤 결과를 바라시는지는 차마 짐작이 가진 않지만, 본관을 믿고 도원수에 임명하신 주상께 충실히 응하는 것이 장수의 도리겠지.'

이정옥은 다음 날 별동대와 척후대를 조직해서 산서성으로 이동을 지시했다.

*   *   *

정통제가 목적지인 대동의 근처에 도착했을 무렵 모든 병사가 극도로 굶주리고 있었다.

"황상, 아무래도 지금 공성전을 벌이는 것은 무모한 듯싶습니다. 차라리 군을 뒤로 물려 먹을 것을 현지조달하시는 것이 우선인 듯하옵니다."

병부상서 광야가 황제에게 간언하자, 황제는 대수롭지 않게 답했다.

"아군의 보급부대가 습격받는 것은 그만큼 저놈들도 급박한 상황이란 반증이 아니겠느냐. 지금은 무리해서라도 대동을 수복하고 묘아장을 다시 확보하는 게 우선이다. 그대의 반론은 듣지 않겠다."

"하오나……."

"듣지 않겠노라 말했다. 번충! 병부시랑을 데리고 나가라."

"황상의 명을 받들겠사옵니다."

황군의 근위대장인 번충(樊忠)이 강제로 광야를 끌고 가 황제의 눈앞에서 치웠다.

"상서 대인, 저 환관 놈이 사라지지 않는 이상 황상께선 어떤 충언도 듣지 않으실 겁니다."

번충이 그를 끌고 가며 은밀히 귓속말로 광야에게 말하자, 광야도 한숨으로 쉬며 조용히 속삭였다.

"여기 있는 그 누군들 그걸 모르겠소? 알면서도 모른 척하고 있는 게지요."

바로 그때 대동을 정찰하고 온 척후병이 소식을 가져왔다.

"황상! 대동의 성엔 아무도 없다고 하옵니다. 이는 분명 이적들이 황상의 위엄에 겁을 먹어 성을 버리고 후퇴한 것이 분명하옵니다."

왕진이 호들갑을 떨며 황제에게 고하자, 정통제는 금세 기분이 좋아져 기고만장했다.

"보았느냐! 짐이 일전에 장담한 대로 짐이 나서면 이적들 따윈 전부 겁을 집어먹고 도망칠 것이라 하지 않았느냐!"

그러자 그의 곁에 있던 대신들이 일제히 황제를 칭송하며 아부하기 바빠졌다.

"이 모든 것이 황상의 은덕이옵니다. 만세!"

왕진의 선창을 따라 모든 이들이 만세를 따라 외쳤고, 공허

한 울림이 이어졌다.

"만세! 만세! 만만세!"

어느새 병졸들마저 만세를 따라 외치게 되었고, 만세 합창
이 끝날 무렵 병졸인 왕 씨가 내심 속내를 드러냈다.

"만세고 뭐고 일단 먹을 거나 줄 것이지. 배고파 죽겠는데
대체 이게 무슨 사달인지 원……"

그러자 왕 씨의 상관인 소기(小旗, 소대장 격) 장 씨가 답했
다.

"왕 씨, 말조심해. 그러다 독전관에게 들리면 목이 날아갈
걸세."

"굶어 죽으나 목이 달아나나 마찬가지 아니요? 그럴 바엔
할 말은 하고 죽는 게 낫지."

"그래도 이적이 겁을 먹고 물러났으니 성에 들어가면 배 정
돈 채울 수 있지 않겠어? 조금만 참아."

"저기 황상의 수레를 끄는 코끼리들은 하루에 수도 없이 제
배를 채우는데, 우린 하루에 한 번, 한 줌도 안 되는 곡물 가
루를 물도 없이 먹어야 했잖습니까? 아무리 말단 병졸이라지
만 사람 팔자가 황상의 코끼리만도 못하다니, 이런 세상에 태
어난 게 죄로군."

"그래도 이적만 물러나고 나면 사정이 나아지지 않겠어? 그
러니 불평은 그만하게. 윗선의 누가 들을까 무섭네."

본래대로라면 저런 불만을 하급 병졸인 왕 씨가 직속상관에게 털어놓는 것도 말이 되질 않았다. 하지만 대부분의 하급 지휘관들도 그들에게 공감하고 있어서 그저 덮기 급급한 실정이었다.

어느새 대동의 성에 들어온 황군은 물자가 될 만한 것을 찾아 민가를 비롯해 성 안팎을 샅샅이 뒤졌지만, 그 어떤 먹을 것도 찾을 수 없었고, 우물조차 전부 돌로 막혀 있었다.

"황상, 아무래도 이적들이 물러나며 성에 여러 조치를 해놓고 간 듯하옵니다. 그러니 그만 물러나시는 게 어떠하실지요?"

병부상서 광야가 다시금 황제에게 고했다.

"짐이 이곳을 사수하지 못하면, 이적들이 끊이지 않고 내려와 계속 짐의 백성들을 짓밟을 텐데 그게 병부상서란 자가 할 만한 소리더냐? 혹여 이적과 붙어먹기라도 한 것이냐?"

"어찌 신의 충심을 의심하시옵니까? 소신은 그저 진선의 양을 줄이시는 황상의 안위가 염려되어 의견을 올렸을 뿐이옵니다."

보급 상황은 어느새 황제가 식사를 줄이는 지경까지 오게되었고, 대동만 다시 점령하면 식량 사정이 해결될 거란 믿음이 깨지게 되자 군의 사기도 한층 더 악화되고 있었다.

"분명 조금만 참으면 해결될 것이다. 물러가라."

그러자 뒤이어 왕진이 소식을 들고 왔다.

"황상, 적의 병참부대를 북쪽에서 발견했다는 척후의 소식이 들어왔사옵니다. 소로 끄는 수레만 해도 수백 척이고, 아국의 백성들 수천이 노예로 잡혀 있는 듯 보인다 하였습니다."

"그래? 당장 출진을 준비하라. 그들을 잡아 백성들도 구하고 군량을 해결하라."

"주장은 누구로 결정하시겠사옵니까?"

"아무래도 이적을 상대하는 데는 야인 출신의 항장이 쓸 만하겠지. 영순백 설수(薛綏)를 선봉장으로 삼고, 공순백 오극충(吳克忠)을 주장으로 삼아서 3만의 군을 출정시키라."

"명을 받들겠사옵니다."

그렇게 황제에게 임명되어 나간 오극충과 설수는 사흘 만에 적 보급부대의 흔적을 찾았고, 금세 추격하여 그들을 따라잡았다.

황군의 2만 기병을 이끈 선봉장 설수가 사기를 올리려 외쳤다.

"보아라! 아국의 백성들이 이적에게 끌려가고 있도다. 또한 저들의 수레엔 먹을 것이 가득 차 있을 것이다. 이적을 격멸하고 백성들과 식량을 구하자!"

"좋습니다!"

그렇게 먹을 것을 눈앞에 두고, 사기가 올라 무작정 돌격한 기병들에게 별미가 날아왔다.

— 쾅! 쾅! 쾅!

오이라트의 보급대로 위장했던 화포병들의 포탄 세례가 이어지기 시작한 것이다.

제3장
토목의 변

"패전이라니! 어찌 치중부대 하나 처리 못 하고 패할 수 있
단 말이냐?"

병부상서 광야가 황제에게 말했다.

"그것이… 적의 병참부대와 치중용 수레는 위장이었고, 실
상은 아국에서 노략질한 화기로 무장한 정병이었다고 하옵니
다. 적의 기병 또한 매복해 있다가 후방을 급습해 군을 이끌
던·영순백과 설순백의 생사도 알 수 없다 하옵니다."

"뭐? 감히 화기 다루는 법을 이적에게 가르쳐 준 역도가 있
다고? 내 친히 그놈들의 사지를 찢어 죽이고 말 테다!"

"황상, 작금엔 그런 사소한 일을 따질 때가 아니옵니다. 그보다 선봉대가 패했으니, 당장 군을 물리고 뒷일을 도모하셔야 하옵니다."

"후퇴란 없다! 이곳을 버리면 장강 이북이 어찌 될지 모르느냐?"

"황상, 이번만큼은 병부상서의 조언이 옳사옵니다. 부디 따르시지요."

왕진이 간신답게 위기를 느끼고, 광야의 의견을 따라 황제에게 고했다.

"왕 태감마저 짐의 뜻을 돌리려 하는가?"

"황상께선 지금 여유를 잃으셨사옵니다. 부디 총기를 되찾으시옵소서. 기병을 전부 잃었으니 물러나야 할 때이옵니다."

"그런가……. 왕 태감마저 그리 말하니 어쩔 수 없군. 군을 물리고 후방에서 군을 재정비할 것을 명하노라."

"명을 받들겠사옵니다."

그렇게 황제는 대동에서 일주일도 머물지 못하고 곧장 후퇴했다.

"황상, 이 근처에 장성과 이어진 요충지인 자형관(紫荊关)이란 관문이 있사옵니다. 그곳을 수비할 군을 나눠 주둔시켜 시간을 끌고 황상께선 북경으로 귀경하시는 게 어떻겠사옵니까?"

철수하는 와중에 광야의 제안이 들어오자 황제가 고민하기 시작했다.

그 광경을 지켜보던 왕진은 이대로 군사만 잃은 채로 황제가 돌아가면 황제의 권위가 추락할 것이라 여겨 반대 의견을 꺼냈다.

"병부상서의 의견은 그저 군재를 모르는 일개 유학자의 하책이오. 어찌 한시가 급한 이 상황에 병력을 나눌 수 있겠소?"

"그저 황상의 안위를 생각하여 내놓은 의견입니다. 그럼 관문을 그대로 내버려 두는 게 상책이란 말씀입니까?"

"지금 황군에게 필요한 것은 군량이오. 그곳에 주둔군을 둔다 해도 군량이 없어 금세 패주하게 될 것이오. 그럴 바엔 보급선을 확보해 재정비하는 게 우선이오."

그렇게 왕진과 광야의 말다툼이 벌어지자, 황제가 나섰다.

"그만! 왕 태감의 의견이 합당하다. 내 선부로 올라가 방어를 굳히고 군을 안정시킬 것이다."

그렇게 일전에 선부 근처에서 왕귀의 군이 패배하긴 했으나 아직은 함락되지 않은 선부의 요새로 이동이 결정되었고, 명의 조정에 남아 있던 병부시랑 우겸은 가진 역량을 총동원해서 치중 천 수레를 준비해서 그곳으로 보냈다.

그러나 선부로 향하는 명나라군은 에셴이 친히 군을 끌고 그들을 추격하고 있다는 사실을 꿈에도 모르고 있었다.

위화도 근처에서 국경을 수비하던 내게 북방에서 여러 소식이 들어오기 시작했다.

역시나 기대를 버리지 않고 고려천자께선 삽질만 반복하고 있었고, 식량이 바닥나서 신나게 도망치시는 중이란다. 그러자 미래의 지식이 하나 떠올랐다. 빤스런? 그건 또 뭐야? 어감이 이상하긴 하지만, 저기 어울리는 말인가 보다.

지금의 전황을 보니 지금쯤이면 황제가 잡힐 때가 된 듯한데? 이젠 나도 슬슬 움직일 때가 되었네.

내가 친정에 나서면서 국경 방어에만 전념하겠다는 건 어디까지나 명분일 뿐이었지. 이징옥의 군대만으론 소식이 오고 가는 데 시간이 걸리니 이 상황에서 완벽하게 대처할 수가 없다.

"고도 출정할 테니, 이곳의 수비 책임자는 우의정 대감에게 맡기겠네."

"전하, 어찌하여 난이 벌어지고 있는 곳에 직접 나가시려 하시옵니까? 이는 절대 불가하옵니다."

내가 자리를 비운 사이 아버지가 잠시 조정의 업무를 대행하게 되었고, 우의정인 황보인이 몇 가지 중요한 결재 사안을 들고 친히 여기까지 온 것이었다.

그런 황보인에게 난데없이 수비를 맡아달라고 했으니, 반발이 나올 수밖에 없겠지.

"명의 상황이 급박하여, 어쩔 수 없네. 지금 황군이 달자에게 밀려 후퇴 중이라 하니, 고(孤)가 나서야 할 만한 상황이 되었도다."

"하오나, 소신에겐 군권을 지휘할 권한이 없사옵니다."

"내 이때를 위해 우상 대감의 북도제찰사 직위를 거두지 않고 있었네. 그러니 부탁하오."

"……."

그렇게 난 국경 수비군 오천 명을 남겨두고 내금위와 겸사복을 포함한 북방군 일만오천을 끌고 압록강을 건넜다.

그렇게 요동으로 들어설 무렵, 요동의 책임자인 요동 총병관 조의를 만날 수 있었다.

"요동 총병관 조의가 조선국의 국왕 전하를 뵙사옵니다."

"그래, 일전에 도원수에게 그대에 대한 말은 들었다. 또한 북방의 사정이 급박하다 들어 이리 출정했으니, 한시라도 빨리 북으로 가야 할 듯하네."

"황상께서도 분명 전하의 도움에 사의를 표할 것이옵니다. 또한 소관도 적게나마 전하께 바칠 군량을 준비했으니 받아주시옵소서."

"그래, 그대의 성의는 잊지 않겠네. 처선아, 요동 총병관에게 미당을 내주어라."

김처선이 작은 주머니에 담긴 미당을 조의에게 건네자, 조의는 감격하며 내게 재차 절을 올렸다.

"성은이 망극하옵니다!"

"상국의 국방을 책임지는 그대의 노고에 보답이 되었으면 좋겠군."

"전하의 은혜가 망극할 뿐이옵니다."

그렇게 다음 날 다시 길을 나선 나는 이징옥에게 이후의 지침이 담긴 파발을 보내고, 진로를 북쪽으로 잡아 토목보를 향해 천천히 행군을 개시했다.

*　　　　*　　　　*

그 무렵 에센에게 후위를 습격당해 쫓기던 황제의 군대는 회래성(懷來城) 근처의 작은 보인 토목에 도착했다.

"황상, 치중대의 일부가 이 근방에 도착했다고 하니, 여기서 잠시 군을 정비하시며 치중대를 기다리는 게 좋을 듯하옵니다."

"그래, 왕 태감의 말이 옳은 듯하구나. 보의 토벽을 의지한다면 화기를 정비할 시간도 벌 수 있을 듯하니, 여기서 머물지."

그러자 광야가 끼어들어 의견을 말했다.

"황상! 한시라도 빨리 회래성으로 가야 하옵니다. 이적의 군대가 뒤를 쫓고 있는데 성도 아닌 작은 보(堡)에서 적의 군대를 막아낼 수 있겠사옵니까?"

"짐의 군이 패한 건 어디까지나 기습을 당해 화기조차 쓸 수 없던 긴박한 상황이었기에 그런 것이었다. 이곳에서 치중을 수령해 군사를 배불리 먹이고 화기를 정비한다면 일전과 같은 결과는 나오지 않을 것이야."

정통제는 잇따른 패전의 결과를 자신에게서 찾는 게 아니라 휘하의 장수가 무능하거나 기습당한 탓이라는 정신 승리를 하고 있었고, 준비만 잘하면 절대 지지 않을 거라고 확신하고 있었다.

황제는 친정 도중 내내 쓴소리만 하는 광야가 마음에 들지 않았고, 근래엔 그런 마음이 차츰 살의로 변해가고 있었다.

그러자 왕진이 황제의 불편한 심기를 읽고 한발 앞서 나섰다.

"그러는 병부상서 역시 직접 군을 이끌어본 적도 없는 백면서생이 아니시오? 그대가 감히 황상의 권위를 깎아내리려고 하는데, 한 번만 더 그러면 그대의 목을 베어 진중에 걸어 본보기로 삼겠소."

"…알겠습니다."

광야는 이제 자신이 어떤 말을 해도 이 상황을 되돌릴 수 없음을 알고, 그 자리에서 물러났다.

"왕 태감이 나서지 않았다면, 짐이 병부상서의 목을 베었을지도 모른다."

"황상께서 썩은 유학자에 불과한 범부의 피로 보체(寶體, 몸)를 더럽히실까 봐 먼저 나섰사옵니다. 황상의 심기에 거슬렸다면 부디 용서해 주시옵소서."

"아니야. 잘 나섰다. 병부상서가 쓸모없긴 해도 나름대로 명망이 있는 놈이니, 자칫 베었다간 저 밥만 축내는 쓸모없는 신하들에게 불경한 명분을 주었을지도 모른다."

거듭되는 패전으로 인해 황제를 따라 나온 조정 대신의 분위기는 좋지 않았고, 황제 또한 그런 분위기를 읽고 있었다.

"이제부터라도 소신이 나서서, 그들을 엄히 단속하겠사옵니다."

"그래. 왕 태감에겐 항상 미안하고 고맙네. 그대야말로 진정한 충신이야."

"소신은 그저 충의를 다할 뿐이옵니다. 과찬은 거두어주시옵소서."

그렇게 토목보에 자리한 황군이 화포를 준비하고 우물을 파기 시작했다. 그러나 땅이 척박해 땅을 스무 자 넘게 파도 물이 나오지 않았고, 어쩔 수 없이 남쪽으로 십오 리가량 떨어진 강에서 물을 떠 와야 했다.

선발대가 물을 떠 오자 그간 끊임없이 갈증에 시달렸던 병사들은 환호하며 너 나 할 것 없이 물을 마시기 시작했고, 금세 물이 바닥나고 말았다.

그리고 치중부대의 일부가 소식을 듣고 급하게나마 강행군을 하여 수레 오십 대가량의 식량을 가져와서 굶주리고 있던 이들의 배를 조금이나마 채워주었다.

그렇게 황군의 숨통이 조금이나마 트였을 시점에 에센의 직속 군이 나타났다.

"황상, 달자의 군대가 모습을 드러냈다고 하옵니다."

왕진의 보고에 황제는 기뻐하며 말했다.

"그래? 이제야말로 저 무도한 놈들에게 본때를 보여줄 때가 왔도다. 적의 규모는 얼마나 된다고 하더냐?"

"전령이 고하길, 대략 이만 정도로 파악했다고 전했사옵니다."

"그래? 비록 패전을 겪긴 했어도 아직 짐에겐 십만의 대군이 남아 있다. 저놈들이 죽을 자리를 찾아온 거나 다름없어. 고사를 살펴봐도 전세가 불리한 상황에서 단 한 번의 전투에서 이겨 나라를 세운 이들이 수없이 많지 않으냐. 이제야말로 짐의 권능을 보일 때로다."

주기진이 한 가지 착각하고 있는 것이 있었다. 남아 있는 십만의 병력 중 실제로 전력이 될 만한 이는 반절에 못 미치는 사만에 불과했다. 나머진 그를 따라온 문관들과 하인들 그리고 잡역부 등을 모두 합친 숫자였다.

"한(漢)의 고황제(高皇帝, 유방) 역시 초패왕 항적에게 패전을 거듭하다 해하(垓下)에서 승리해 한나라를 세웠사옵니다. 황상께선 제왕의 천운을 타고나셨으니 능히 저들을 물리치고 나라를 바로 세우실 것이옵니다."

왕진은 그저 자신이 황제의 기분을 맞춰주기 위해, 사기 주사위를 주었던 것이 지금의 사태를 초래한 것을 알고 있었다. 하지만 그것을 털어놓을 수도 없기에 여전히 황제의 비유를 맞출 수밖에 없었다.

"그래. 제장들에게 전투를 준비하라 이르라. 이번엔 짐이 친히 군을 지휘할 것이다."

"명을 받들겠사옵니다."

하지만 에센의 군은 정통제가 원한 것처럼 바로 싸움을 걸지 않았다. 그들이 제일 먼저 한 것은 황군의 물 공급원인 강을 점령하고, 이곳을 향하던 치중대를 공격한 것이었다.

그렇게 보름가량의 포위가 지속되자 황제는 분노를 표출했다.

"이 치졸하고 법도도 모르는 야만의 상것이 이런 식으로 나와!"

"고정하시옵소서. 황상께선 이럴 때야말로 냉정해지셔야 하옵니다."

왕진은 이제 자신의 생사 안위가 불투명해졌기에 최대한 승리할 방법을 궁리하게 되었고, 매일같이 황제의 화를 달래기 위해 노력했다.

"그래, 짐이 잠시 이성을 잃었구나. 그대 앞에서 부끄러운 모습을 보여 창피하군."

"지존은 무치인 법이옵니다. 괘념치 마시옵소서. 그보다 좀 전에 이적의 왕 에센에게 서신이 도착했다고 하옵니다."

"거기 뭐라고 적혀 있더냐."

"이만 전쟁을 멈추고, 강화를 맺자는 의사가 적혀 있었다고 하옵니다."

"허, 자신만만하게 포위는 했지만, 아군의 성세를 보니 막상 덤벼들 용기는 없었나 보지?"

"아무래도 그런 듯하옵니다. 황상, 어찌하시겠습니까?"

"당장 몇 번은 싸워서 이길 수도 있겠지만, 병졸들의 갈증과 굶주림 때문에 장기전으로 가면 어쩔 수 없겠지. 지금은 일단 저놈의 제안에 응하는 척하고 물러나서 군을 정비한 다음에 후일을 도모하겠다. 다만 이 일은 잊지 않고, 장강 이남에서 군을 모아 저들의 초원을 깡그리 불태울 것이다."

"황상의 뜻대로 하소서."

그렇게 양측의 사신이 오고 가자, 극적인 협상이 타결되어 남쪽의 포위망이 풀렸고, 철군이 시작되자 그간 목마름에 시달린 황군의 선두 오천가량은 통제를 잃고 너 나 할 것 없이 강을 향해 달리기 시작했다.

그렇게 일부가 통제를 상실한 채, 흩어지는 모습을 본 에센의 기병들이 움직였다.

"항복해라! 무기를 버리는 자는 죽이지 않겠다!"

에센의 휘하 중 명국 말을 할 줄 아는 이들이 총동원되어 소리를 지르기 시작했고, 일부는 그 말에 넘어가 항복하기 시작해 강의 근처는 어느새 난장판이 되기 시작했다.

그러자 후위에 있던 황제는 이런 상황에 나름대로 대비한 듯, 친위대장인 번충에게 지시를 내렸다.

"내심 짐작하고 있었지만, 역시 야인들은 믿을 만한 족속들이 아니로다. 번충! 준비한 화포 부대를 내세워, 저 무도한 야인들의 입을 다물게 하라."

"소장, 황상의 명을 받들겠사옵니다."

그렇게 황제가 야심 차게 준비한 일만의 화포 부대와 오천의 창병이 일제히 진을 치고 에센군을 향해 포구를 돌렸고, 나머지 병력은 황제를 호위하며 포진을 개시했다. 그 광경을 지켜보던 에센은 수하인 바얀에게 지시를 내렸다.

"저들에게 너의 기량과 분노를 보여주어라."

"예."

그렇게 바얀이 지휘하는 오천의 기병이 명군을 향해 천천히 이동을 시작했다.

명군은 토목보에서 머물며 조금이나마 화포에 대해 교육을 했지만, 그것을 제대로 숙달한 병졸도 적은 데다, 많은 지휘관을 잃어 화기 전술을 이해하고 있는 장수의 수도 적었다.

"산개!"

바얀의 지시에 따라 산개한 기병들이 접근하기 시작하자, 황군 쪽에서도 화섭자를 준비하고 거대한 화포를 발사할 준비를 했다.

"쏴라!"

하지만 그들이 발사한 포환은 조준이 대부분 형편없이 빗나간 데다 산개까지 한 기병에게 별다른 타격을 주지 못했다.

명군은 적이 2리 정도 접근하자, 잡석을 여럿 장전한 산탄 사석포를 다시금 발사했다.

이번에는 조금이나마 효과가 있어 수십 명이 낙마했고, 그것을 본 지휘관들이 기가 살아서 외쳤다.

"보아라! 이적들이 쓰러졌다!"

황군은 성과를 본 대형 사석포를 재차 발사하려 했지만, 병사들의 숙련도가 떨어져 재장전 속도가 떨어지는 것을 보고 다음 수를 준비했다.

그들은 총병이나 다름없는 휴대용 수지사석포 부대를 전진시켰고, 그 와중에 하급 지휘관들은 쉼 없이 같은 말을 반복하고 있었다.

"본관의 지시에 맞춰서 일제히 발사하라. 절대 멋대로 발사해선 안 된다!"

그렇게 이천가량의 사석포 부대가 거치용 대형 방패 뒤에 서서 일제히 산탄 장전을 마쳤고 지시를 기다리고 있었다.

그러자 어느새 기병들이 접근해 그들의 형상이 점점 크게 보이기 시작했고, 산개한 오천의 기병은 마치 지평선을 전부 메운 듯 착시를 일으켜, 황군들은 그 광경에 압도당해 평정심을 잃었다.

"오지 마!"

어느 병졸 하나가 공포에 질려 반사적으로 들고 있던 사석포의 심지에 불을 붙였고, 아직 화기의 사정거리에 적이 들어오지도 않은 상태에서 첫 발사가 이루어졌다.

—펑!

첫 발사가 개시되자, 집단심리 탓인지 지시가 떨어진 것으로 착각한 다른 병졸들도 뒤따라 심지에 불을 붙였고, 지휘관들의 통제를 잃은 무분별한 사격이 계속 이어졌다.

"발포 중지! 아직 쏘지 마라! 발포한 인원은 신속히 재장전하라!"

하지만 지휘관들의 필사적인 외침에도 불구하고 어느새 바얀의 기병들은 순식간에 속도를 서서히 올려 명군의 선두에 오십 미터 안쪽으로 접근해서 산개한 대형을 돌파를 위한 추행 진으로 변경하고 있었던 것이다.

"어! 어?"

그나마 빠르게 재장전을 마친 사석포 백여 정이 그들을 공격해 수십의 인마를 피투성이로 만들었지만, 이미 대세를 돌이킬 수 없었다. 어느새 최대로 가속이 붙은 기병들이 그들 눈앞에 쇄도한 것이었다.

그다음부턴 기병창을 든 중기병들의 돌격이 이어져 일방적인 학살이 시작되었고, 바얀의 선봉대가 명군의 포진을 분쇄하며 관통해 돌파하여 병력을 재정비하며 우회하자, 에센이 지휘하는 오천의 궁기병들이 그들의 뒤를 이어 뒤늦게나마 창기병에게 대응하려던 명의 창병들을 공격하기 시작했다.

그 광경을 지켜보던 황제는 필사적으로 전방에 신호를 보내며 물러나서 재정비할 것을 지시했지만, 현실은 그가 놀이에서 말로 움직이던 병력과 다르게 신호를 보내도 바로 반응할 수가 없었다.

게다가 왕진에게 놀아나 착각하고 있던 황제의 운 또한 결코 좋은 편도 아니었다. 그 어떤 변수도 없이 전황은 일방적으로 황군에게 불리해졌다.

그렇게 두 시간 후 그나마 전투력을 유지하던 병력은 모두 죽거나 사기를 잃은 채 도망치기 시작했고, 어느새 에센의 기병들이 진형을 정비해 황제가 있는 본진 쪽으로 돌진하기 시작했다.

*　　　*　　　*

난 토목을 향해 진군하다가 척후로부터 황제의 패전 소식을 접할 수 있었다.

혹시라도 황제가 전쟁 도중에 죽거나, 혹은 도망치지 않을까 하여 군을 이동시키고 있었는데 이젠 그럴 필요가 사라졌다.

전쟁의 시작부터 이미 많은 것이 달라졌기에 나도 여러 가지 상황에 대비하고 있었다.

그래서 이징옥에게 자세한 계획을 알리지 않고, 여러 가지 계획의 기반이 될 몇 가지만을 알려주었던 것이다.

그런데 일이 이렇게 되었으니, 생각해 둔 여러 가지 계획 중의 하나인 구출 작전으로 갈 수 있겠군.

물론 이후에 다른 변수가 생길 수도 있지만, 일단 황제를 내 손에 넣어야, 앞으로 내 계획인 조선 북방의 영토 확장을 실행하기에 가장 유리할 것이라고 생각한다.

또한 황제의 패전 소식이 북경에 전해져야, 우겸이 정통제의 동생을 황제로 새로 옹립하고 항전 태세를 갖출 것이다.

원 역사에서 북경 전투는 명의 압승으로 끝나 명나라가 다시 일어서는 계기가 되지만, 아마 이번엔 그 결과가 조금 달라질 것이다.

본래도 토목의 변을 수습하고 방위선을 재건하는 데 50년가량 걸렸다는 걸 알고 있는 내가 그렇게 흘러가도록 둘 순 없지.

일전에 이징옥에게 물자 수거를 명한 이유가 바로 우겸을 방해하기 위해서였기 때문이다.

본래 우겸은 오이라트가 버리고 갔던 화기와 군수물자 같은 것을 전부 수거해서 북경 방위전에 사용했지만, 아마도 화기와 화약은 오이라트군이 최대한 수거했을 테고, 나를 만한 인력이 부족해서 버리고 간 것은 내 지시대로 이징옥이 열심히 수거하고 있으니 원 역사대로 흘러가진 않을 것이다.

원 역사에서도 워낙 명나라군의 군수물자 규모가 방대해서 오이라트가 버리고 간 게 많았고, 토목 변엔 화기들과 각종 무기와 갑옷 등 군수품 수만 개가 버려져 있었다고 한다.

이는 지금도 다를 게 없을 테니 오이라트가 남기고 간 것만 전부 긁어모아도, 우리나라의 국고를 채우기 좋을 거다.

이젠 어느 정도 시간을 끌었으니, 이징옥이 멋모르고 명나

라의 요청으로 북경 방위 전투에 말려들기 전에 나도 합류해
야겠군.

일전에 난 이징옥에게 전쟁 도중 일어날 수 있는 만일의 사
태에 대비해 우겸을 비롯한 경태제의 신병을 확보할 수 있게
북경에 언제든 진격할 준비를 하라고 했었다.

하지만 황제가 죽지 않고 무사히 잡혔으니, 이젠 황제 구출
작전에 집중해야겠어.

                        *   *   *

"황상께서 패전했다고? 그럼 황상께선 어찌 되셨는가?"

명국 조정 대신 중 친정에 따라나서지 않았던 도어사 석형
은 회의 도중 북에서 들어온 비보에 놀라, 소식을 가져온 전령
에게 되물었다.

"아무래도 붕어하셨거나, 잡히신 듯합니다. 정확한 소식은
아직 알 수 없었습니다……."

금세 회의장에 모여 있던 대신들은 당황스러운 감정을 넘어
공황 상태에 가까운 심정으로 변해 말문을 잃어버렸다. 그 와
중에 회의를 주도하고 있던 석형이 말을 꺼냈다.

"일이 이리되었으니, 신속히 남경으로 천도해야 하오. 황상
마저 생사불명인 데다, 북방 방위군은 거의 다 괴멸되었소. 신

속히 움직이지 않으면 황도 역시 불바다가 될 것이오."

그러자 침묵하고 있던 대신들 일부가 석형의 의견에 찬성했다.

"도어사 대인의 말씀이 옳습니다."

"남경으로 천도한 후 장강을 방위선으로 삼는 게 현 상황에서 제일 무난한 듯싶습니다."

그러자, 구석에서 회의를 지켜보던 병부시랑 우겸이 일갈했다.

"어찌 오랑캐 따위에게 겁을 먹고 나라의 수도를 버리자고 말할 수 있습니까? 이는 불가합니다."

그러자 우겸과 악연이 있었던 석형이 그를 노려보며 답했다.

"그리 말하는 우 선생은 이 상황을 타개할 방도가 있소?"

"예, 장강 이남에서 황군을 소집해 싸워야지요. 경사(京師, 수도)를 버리고 남하하는 순간, 이 나라의 운명은 송처럼 될 것입니다."

"허, 이자가 정녕… 그걸 말이라고 하는가? 어디서 감히 그딴 불길한 소리를 해?"

"석 대인이야말로 현실을 보지 못하고 있는 듯하신데, 이대로 황도를 버리고 가는 건 장강 이북의 모든 지방을 버리는 것이나 마찬가지입니다. 그럼 북방을 점령한 이적이 원 태조(칭기즈 칸)의 행적을 따라 할 것이 분명합니다. 또한 지금은 그때와 다르게 패권을 다툴 금나라도 없으니, 이적들이 한층 더 날뛸 것입니다."

나름대로 이 위기를 기회로 삼아 정국을 장악하려 한 석형은 짜증이 나 우겸에게 소리쳤다.

"그 요사한 입 닥쳐라. 여봐라! 당장 저놈을 끌고 나가 옥에 가둬라!"

"석 대인께 사사로이 절 추포할 권한이 있었습니까?"

"시국이 급박한데, 감찰직을 통괄하는 내가 불경죄를 짓는 관리를 단속하지 못할 것은 무어냐? 어디서 감히 나라가 망한다는 불길한 소리 따위를……"

우겸이 병사들에게 끌려 나가기 일보 직전, 의외의 인물이 회의장을 찾아 석형의 말을 잘랐다.

"본 왕 역시, 병부시랑의 의견이 옳다고 생각하네."

"성왕 전하, 이곳엔 무슨 일로 행차하셨사옵니까?"

석형에 물음에 주기옥이 답했다.

"좀 전에 소식을 들었네. 나라의 형세가 풍전등화에 처했는데 어찌 황족인 내가 가만히 있을 수 있겠나. 황도를 버리는 건 본 왕 역시 허락할 수 없네."

"하오나……."

주기옥을 바라보던 우겸은 무언가에 홀린 듯 자신도 모르게 무릎 꿇고 외쳤다.

"황제 폐하, 만세!"

"뭐?"

우겸의 갑작스러운 행동에 장내의 분위기는 얼어붙었고, 주기옥 역시 우겸이 이런 행동을 할 거라 예상치 못했기에 당황하고 있었다.

"병부시랑, 이게 대체 무슨 짓인가? 어서 일어나게."

그러자, 무언가를 깨달은 듯한 대신들이 우겸을 따라 무릎 꿇으며 외쳤다.

"황제 폐하 만세, 만세, 만만세!"

"이러지들 말게. 대체 왜 이러는가?"

"황상이 전장에서 실종되셨으니, 전하께서 보위를 이으셔야 하옵니다. 부디 황좌에 올라주시옵소서!"

"……"

갑작스러운 일로 당황하긴 했으나, 잠시 생각을 정리하던 주기옥이 말을 꺼냈다.

"그래, 이런 급박한 시국에 황좌를 비워둘 수는 없겠지. 비록 부족한 몸이지만 내 그대들의 청을 받아들이겠다."

그렇게 태황태후의 승인마저 떨어져 북경에선 새로운 황제가 옹립되었고, 우겸이 새로운 실세가 되어 석형을 위시해 끝까지 남경으로 천도를 주장하던 이들을 옥에 가둔 다음 항전 태세를 갖추기 시작했다.

우겸은 우선 남경과 하남의 군을 소집했고, 해안에서 왜구를 상대하던 산동군을 북경으로 불러들였다. 게다가 지휘관이 턱없이 부족했기에 전 황제와 왕진의 심기를 거슬러 유배 중이었거나 투옥되어 있던 장군들도 사면하고 지휘관으로 임명해 군대를 철저하게 훈련시켰다.

또한, 그 와중에 모든 병사에게 화기 사용법을 숙지시키는 것을 가장 중점으로 두었다.

그렇게 북경을 방위할 만반의 준비를 하고 있을 때 우겸은 군이 사용할 물자와 화약이 턱없이 부족하다는 것을 절감하곤, 산서성과 북경 인근의 지방에서 물자를 징발하고 전장이었던 장소까지 뒤져 남아 있는 군수품을 회수하라는 명령을 내렸지만, 결국 목적했던 물자의 반도 거두지 못했다.

그러던 와중에 오이라트에서 사신이 도착해 정통제의 신병을 확보하고 있으니, 항복하라는 서신을 전달해 왔다.

"병부시랑, 저들이 형님을 잡아두고 있다고 하는데, 어찌하면 좋겠는가?"

우겸이 경태제에게 답했다.

"황상, 저들에게 굴해 협상에 임하시면 아니 되옵니다. 사소한 것 하나라도 저들에게 양보하기 시작하면, 종국엔 걷잡을 수 없어질 것이옵니다."

"저들이 형님을 해치면 어쩌려고 그러는가?"

우겸은 내심 그리되면 복수의 명분을 잡아 사기를 올릴 수 있기에 그것도 좋겠다고 생각했지만, 전 황제의 동생인 경태제에게 그런 말은 차마 할 수 없었기에 적당한 말을 꺼냈다.

"저들도 이용 가치를 알기에 절대 태상황께 손을 대지 못합니다. 오히려 극진히 대접받고 있을 것이옵니다."

"그래도 형님의 안위가 걱정된다."

"황상, 지금은 나라의 안위를 더 염려해야 할 때이옵니다. 부디 마음을 다잡으시옵소서."

"그대의 말이 옳구나. 내가 잠시 혈육의 정에 흔들렸어. 협상은 없을 것이라고 전하라."

그렇게 명 조정의 입장이 담긴 서신이 에센에게 전달되었고, 서신을 읽어본 에센은 곧장 화로에 던져 넣었다.

"타이시, 서신에 뭐라고 적혀 있었습니까?"

알락의 물음에 에센이 답했다.

"우리가 잡은 황제는 태상황이 되었고, 새로운 황제가 등극했으니 마음대로 하라고 하더군. 허, 샌님들에게 한 방 먹은 거나 다름없군. 누군진 몰라도 제법이야."

"그럼 황제의 처분은 어찌하시겠습니까?"

"그래도 아주 쓸모없는 건 아니니, 후방으로 보내 아직 항복하지 않은 요새들을 순회시키면서 항복 권유를 하는 데 쓸 것이다."

"그럼 본국으로 물자를 보낼 때 호위 부대를 붙여 동행시키면 될 듯합니다. 그 일은 제가 맡겠습니다."

"아니다. 소식을 들어보니 저놈들이 수도에 군을 집결시키고 있다고 하더군. 아직도 내게 맞설 생각인 듯한데, 이참에 병력을 총동원해서 수도를 함락시키겠다. 그 쓸모없는 놈은 적당한 녀석을 붙여 보내라."

"항복한 환관 중에 희영이란 자가 있습니다. 그자가 길 안내를 자처하던데 어찌하시겠습니까?"

"네가 알아서 해라."

어느새 양국의 애물단지가 되고 만 정통제는 살아남은 왕진과 함께 후방으로 이송되었고, 북경에 집결한 명군 10만과 오이라트군 12만은 결전을 눈앞에 두고 있었다.

*　　　*　　　*

오이라트군을 피해 움직이던 난 남하하여 이징옥의 부대로 합류했고, 이징옥과 내 총신들을 불러 이후의 계획에 관해 설명했다.

"일단 지금 최우선 목표는 바로 황제를 구출해서 보호하는 것이다. 소식을 듣자 하니 북경에선 성왕이 황위에 올랐다고 하더군."

그러자 성삼문이 답했다.

"예, 북경에서 소식을 보내준 압구가 알아본바, 병부시랑 우 겸이 새로운 조정의 실세가 되어 항전 태세를 갖추고 있다고 들었습니다."

한명회는 북경에 머물며 고관들과 접촉해 정보를 얻는 임 무를 수행 중이다.

"도원수, 일전에 지시했던 물자 회수 임무는 어찌 되었는 가?"

이징옥이 내 물음에 답했다.

"명군이 버리고 간 관아에 남아 있던 식량이나 물자들을 대부분 거둘 수 있었사옵니다. 또한 전장에 남아 있던 병장기 와 소수의 화기나 군수품도 거두었사옵니다."

"잘했네. 그중 일부는 나중에 본국으로 보내도록 조치하게 나. 상황에 따라 일부 계획이 변경될 수는 있으나, 우선 이적 의 손에서 황제를 구출해야 하는 게 당면한 과제일세. 그러니 지금부턴 황제의 소재를 파악하는 것을 최우선으로 둔다. 현 지인을 포섭하고 척후병의 수를 더 늘리도록 하라."

그리고 황제를 확보하면 그를 보호한다는 명목으로 데리고 있으면서 최대한 이용해야지. 명목상으로나마 조선 북방 일대 의 영유권을 확보하고 나면, 명을 둘로 나눌 계획을 차근차근 실행할 것이다.

일주일 후 성삼문을 통해 새로운 소식이 들어왔다.

"전하, 이적들의 군대가 북경을 향하고 있다 하옵니다."

"그런가."

"명의 병부시랑 우겸이 참전을 요구하고 있는데 어찌 답하시겠사옵니까?"

"최대한 시간을 끌어야 한다. 일단은 남하하는 이적을 막느라 사정이 여유롭지 않으니, 사정을 보아 참전하겠다는 긍정적인 의사만 비치게."

저들도 사정이 급박해 우리를 신경 쓰지 못하고 있긴 하지만, 이제껏 전투 한 번 벌이지 않은 걸 알게 되면 앞으로 문제가 될 수 있긴 하지.

그렇게 시간을 보내다 겨울이 시작되자 명나라의 운명을 결정지을 북경 공방전이 시작되었고, 난 그와 동시에 황제의 행방이 적힌 전서를 받을 수 있었다.

*   *   *

전장이 될 북경에서 후방으로 이송되는 황제의 소재를 확인한 척후대가 내게 보고서를 올렸고, 난 곧장 일만의 기병을 이끌고 황제를 추적하기 시작했다.

나머지 병력은 이정옥에게 맡겨두면서 몇 가지 지시를 내렸다. 북경 근처에서 전황을 지켜보다가 명군이 패배해서 새로운 황제에게 위급한 상황이 올 것 같으면, 그들의 신병을 확보해서 남경으로 대피시키는 것을 도우라고 전했다.

그리고 만에 하나 전황이 오이라트 쪽에 압도적으로 유리하게 흘러가 개입이 힘들 것 같으면 무리하지 말고 물러나라고도 당부했다.

경태제 주기옥이 미래의 계획에 중요한 인물이긴 하나, 내 병사들의 목숨보다 귀하진 않다.

북경에 집결한 군이 패배하고 그가 죽거나 잡힌다면 내가 정통제를 확보하고 나서 명의 지방을 돌며 황군을 모은 다음, 정통제를 남경으로 보내는 예비 계획을 실행하면 그만이다.

그럴 경우엔 명나라의 북방은 버려져 방치 상태가 되겠지만, 어쩔 수 없지.

난 그렇게 일주일가량 척후대의 도움을 받아 정통제를 추격하다 하북과 산서성 경계의 인근에서 마침내 황제를 호송하는 부대를 따라잡을 수 있었다.

"이적들이 아직 아군의 존재를 눈치 못 챈 듯한데, 어떻게 공격하면 좋겠는가?"

그러자 날 호종하던 최광손이 답했다.

"적의 세를 살펴보니, 비전투원을 제외하면 실질적인 병력수는 아군과 비슷하고, 각종 치중이나 금은보화를 실은 수레와 포로들을 호위하느라 이동속도가 지극히 느립니다. 그런 사정을 볼 때 사방이 트인 장소에 도달하길 기다려서 급습한다면, 도주할 길이 사라지니 승리를 거둘 수 있을 것이옵니다."

최광손이 생긴 것만 보면 일단 덮어놓고 돌격부터 하고 보자고 할 줄 알았는데, 의외로 이성적이네? 그간 병법 공부 좀 많이 한 건가? 내가 생각한 계획하고 별다른 차이가 없었다.

"그럼 선봉장은 자네에게 맡기겠네. 고가 중군 역을 맡아 만일의 사태에 대비하도록 하지."

"주상 전하의 명을 받들겠사옵니다."

그렇게 우리는 일주일을 더 추격해 주변이 트인 평원에 들어섰고, 마침내 공격할 적기를 잡을 수 있었다.

*   *   *

"적의 습격이다!"

황제를 비롯해 명나라에서 약탈한 보화를 이송하던 오이라트군은 갑작스러운 기병의 습격에 당황하긴 했으나, 훈련받은 대로 신속히 병력을 전개해 대응하기 시작했다.

"궁시와 화포를 준비하고, 수레를 뒤로 옮겨 지시에 따라 배치하라!"

오이라트의 궁수들과 화기병이 앞줄에서 준비를 마치자, 화포가 먼저 불을 뿜었다.

그러나 이들은 북경 공성전에 물자 대부분이 투입되어, 포환으로 적당한 돌들을 모아서 쓰고 있었다. 돌로 만든 산탄이 흩어지며 철갑 기병대의 전열을 덮쳤지만……

철환도 아니고 제대로 가공조차 안 된 급조한 돌멩이론 초창기보다 성능이 월등히 향상된 조선 기병대의 판금 갑옷에 타격을 줄 수 없었다.

돌멩이 대부분은 돌격하는 기병의 갑옷 경면을 타고 미끄러져 튕겨 나갔고, 일부 운이 없는 이들이 충격을 흘리지 못하고 낙마하기도 했지만, 대부분 낙법으로 무사히 착지하여 전력을 보존할 수 있었다.

그렇게 화기 공격이 통하지 않은 걸 확인하자, 오이라트의 지휘관들은 재차 궁시 공격을 지시했지만, 화기로도 뚫을 수 없는 갑옷이 화살로 뚫릴 리 만무했다.

본디 오이라트군도 적에게 화살과 화포가 통하지 않은 시점에선 후퇴하여 전력을 보존해야 했지만, 이들은 포로인 황제와 그의 수행원들, 그리고 제일 중요한 귀중한 전리품들을 지켜야 했기에 필사적으로 수비에 나설 수밖에 없었다.

이들의 후열에선 명에서 잡은 노예나 잡역꾼을 전부 동원해 짐수레를 이동시키며 일련의 배치를 하는 중이었고, 그 와중에 급하게 가죽 방패와 곡도를 든 병사들이 전열에 나서 시간을 끌게 되었다.

하지만 불행하게도 기병창을 든 중기병 앞에선 방패나 곡도 같은 건 아무런 의미가 없었다.

선봉대를 지휘하던 최광손은 적과의 거리가 어느새 30보가량 좁혀지자, 명령을 내렸다.

"거창 준비!"

그의 명을 받은 기병의 선두는 일제히 창을 옆구리에 고정하며 적을 향해 쇄도했고, 어느새 말의 속도가 최고점에 도달했다.

최광손은 기병창으로 적의 앞줄에 위치한 방패병을 방패째로 꿰뚫었고, 곧장 방향을 슬쩍 틀면서 자신이 타고 있던 말로 그의 옆과 뒤에 자리했던 병사들을 들이받았다.

"으아악!"

철갑 기병 뒤를 따르던 궁기병들이 일제히 양옆으로 갈라지며 측면의 병사들에게 화살을 날린 다음 재차 공격을 시도했지만, 수레 벽에 막혀 크게 우회해야 했다.

최광손의 뒤를 따르는 철갑 기병 천여 명 역시 일제히 쇄도하여 급조한 방진을 돌파하고 재차 우회하려고 주변을 살펴보니, 무언가 잘못되었다는 느낌을 받았고 곧장 상황을 파악한 최광손의 부장이 소리를 질렀다.

"장군, 적들이 수레로 퇴로를 막아두었습니다!"

"뭐? 그럼 후속 병력은 어찌 되었는가?"

"보이지 않습니다. 아무래도 우리만 고립된 듯싶습니다."

오이라트의 지휘관들은 수레를 방책 삼아 조선군 선봉대 천여 명의 이동을 틀어막고 그 뒤에 병사들을 배치하기 시작했다.

급한 대로 일부 병사들을 희생해서 수레를 이용해 벽을 만드는 시간을 버는 데 성공했고, 무거운 짐이 가득 실린 커다란 수레 이천여 대는 이 급박한 상황에선 최고의 장벽이 되어주었다.

덫이나 다름없는 거대한 통발에 뛰어든 거나 마찬가지가 된 최광손과 선봉대는 어느새 기동력을 잃고 포위당하고 말았다.

그러자 이들을 포위한 오이라트군 지휘관들이 외치기 시작했다.

"일제히 쏴라!"

수차례의 화살 공격이 가해졌지만, 여전히 화살 공격은 철갑 기병들에게 아무런 피해를 주지 못했다.

"안 되겠군. 적들을 말에서 끌어내려!"

지시를 들은 오이라트의 병사들은 근접 전투태세로 전환해, 말들이 달릴 만한 공간을 없애며 서서히 조선군에게 접근하기 시작했다.

그들 역시 이번 전쟁에서 명나라의 기병과 싸우면서 수레를 이용하는 전략이 완성되었기에, 긴급한 상황에서 이렇게 대응할 수 있었다.

그 와중에 오이라트군은 철갑 기병의 뒤를 따라오던 조선의 경기병들을 향해 궁수들의 대응사격을 지시함으로써 그들이 접근하지 못하도록 조치했고, 그사이 아껴두었던 호위 기병들을 모두 동원해 조선군의 추가 개입을 막고자 적의 본대를 향해 달리도록 지시했다.

그렇게 빈틈없는 조치를 마친 오이라트 수송대의 최고 지휘관이자, 에센의 동생인 소로가 부관들에게 추가적인 지시를 내렸다.

"전사들에게 저놈들을 절대 혼자 상대하지 않게 하고, 여럿이 달려들어 상대하도록 지시를 내려라. 무척 단단한 갑옷을 입고 있으니 일단 넘어뜨려 무력화시키는 것을 우선하면서 교대로 나서서 저놈들의 힘을 빼는 전법으로 나가라."

"예, 말씀하신 대로 전달하겠습니다."

소로의 지시대로 움직이는 오이라트의 군대를 지켜보던 최광손은 어이가 없다는 듯, 혼잣말을 내뱉었다.

"하, 야인 놈들에게 한 방 먹었네."

그러자 부관이 물었다.

"장군, 어찌하실 겁니까?"

"이 상황에서 별다른 수가 있겠어? 일단 눈앞에 있는 놈들부터 전부 족쳐야지."

"알겠습니다. 모두 말에서 내려 전투를 준비해라!"

그렇게 오천의 군세에 포위당한 조선군 선봉대는 각자의 병기를 꺼내 들고 전투를 시작했다.

*　　　　*　　　　*

난 최광손이 선봉대를 이끌고 적에게 돌격한 사이 본대를 움직여 그들을 지원하려 하고 있었다. 그러면서 전황을 망원경으로 지켜보았는데, 적들이 수레를 방책 삼아 선봉대의 돌파를 저지하고 그들의 발을 묶고 있었다.

선봉대를 보조하러 따라가던 경기병 1천은 저들의 화살 세례를 받고 급하게 우회하여 적진의 빈틈을 찾으려 했지만, 사정이 여의치 않은지 주변을 빙빙 돌고만 있었다.

거기다가 적의 호위 기병대가 우회해 역으로 내가 있는 본대 쪽으로 진군하자, 적진의 주변을 맴돌던 아군의 경기병들이 그 뒤를 추격하며 시간을 벌어주고 있었다.

"내금위장. 나팔총병을 지휘하게. 나머지 기병들은 겸사복장이 맡아서 저들을 저지하라."

"아뢰옵기 송구하오나, 소신이 자리를 비우면 전하의 호위는 누가 하겠사옵니까? 명을 거두어주시옵소서."

"그대가 자리를 비운들 내금위 병사들이 있지 않으냐. 눈앞의 적도를 막고 적진에서 분투 중인 선봉대를 한시라도 빨리 지원하는 게 우선이로다. 속히 명을 따르라."

"명을 받들겠사옵니다."

"또한 접근하는 적의 규모를 보니 아군보다 적긴 하지만, 혹시 모를 원군이 있을지 모르니 주변 경계를 철저히 하라."

그렇게 명령을 내린 나는 적의 기병대 삼천과 우리 기병 삼천의 전투를 지켜보았다.

오, 역시 가까이서 지켜보는 전투는 훈련과는 다르군. 미래의 전쟁영화도 꽤 많이 보긴 했었지만, 실제 전투와는 비교할 수 없겠지.

그래, 지금 내 눈앞에서 벌어지는 광경은 훈련이나 연출이 아닌 실전 그 자체다.

나팔총병의 산탄이 명중해 피 분수를 뿜으며 쓰러지는 말과 사람이 보였고, 그리고 목에 화살을 맞고 피거품을 내뱉는 적병과 궁기병들이 발사한 폭발 화살인 화전(火箭)의 파편을 맞아 비명을 지르며 눈에서 피를 흘리는 적병, 편곤에 맞아 낙마하고도 운 좋게 살아남아 머리를 감싸 쥔 채로 신음하고 있는 부상병들.

이 모든 것이 내 눈앞에서 벌어지고 있는 현실이었다.

한참을 그렇게 가만히 전투를 지켜보고 있자니, 나도 모르게 피가 끓어오른다.

"기병창을 준비해라!"

내금위 병사들은 갑작스러운 내 명령이 떨어지자 랜스를 준비했고 나 역시 랜스를 들고 선두에 섰다.

졸지에 날 말릴 만한 신하들도 없어졌으니, 내금위의 병사들은 내 지시에 따라 아군에게 발이 묶인 적의 기병을 향해 돌진했다.

사실 랜스는 제대로 다뤄본 적도 없었고, 내가 입고 있는 어갑(御鉀)엔 창 받침인 랜스 레스트도 없다. 그래도 그동안 몸을 단련한 효과가 있었는지, 내 근력만으로 랜스를 단단히 고정할 수 있었다.

적과의 거리가 서서히 가까워지고, 적들의 얼굴을 육안으로 확인하자 그간 내가 보고 있던 세상과는 다른 세상이 보이기 시작했다. 적들이 흘리는 땀과 피, 그리고 내게 살의를 들어내는 표정과 시선, 거기에 화약이나 피비린내가 섞인 온갖 냄새들도 맡을 수 있었고, 그 모든 것이 이전엔 미처 겪어보지 못한 것들이었다.

이게 바로 장수들과 병사들이 전장에서 겪는 세상이구나. 이런 건 직접 겪어보지 못하면, 전쟁을 모르는 이들에겐 아무리 설명해도 이해할 수도 없고 공감할 수도 없을 것이다.

그리고 어느새 내 시야는 붉은 새 깃털을 머리에 장식한 어느 이름 모를 적병에게 고정되었고, 내가 들고 있던 랜스는 그대로 그의 몸을 관통해 버렸다.

그 순간 나는 창을 놔야 한다는 사실도 잠시 잊고, 창에 관통당한 적의 표정에 홀리고 말았다. 아, 그러고 보니 살인은 처음이었군.

아니지, 지금은 이런 감상을 느낄 때가 아니다. 여긴 전쟁터다. 내 눈앞의 적군을 죽이지 않으면 나와 내 병사가 죽을 수 있다.

"끄아악! 으아아악!"

정신을 차린 난 적들의 비명이 울려 퍼지는 현실로 돌아왔고, 곧바로 기병용 양날검을 뽑아 휘둘렀다.

난 내 앞을 가로막는 이름 모를 적들의 목이나 빈틈을 노려 베었고, 간혹 갑옷에 막혀 베어지지 않은 적들은 충격을 받아 그대로 말에서 떨어졌다.

그렇게 무작정 돌파하다 보니, 어느새 누구도 내 앞에 보이지 않게 되었다. 돌격을 멈추고 뒤를 돌아보니 적의 기병대가 궤멸당했음을 알 수 있었다.

그 와중에 날 향해 급하게 달려오는 내금위장을 볼 수 있었는데, 나도 모르게 그를 피해 최광손이 분투 중인 적의 본진으로 향했다.

"전군 돌격!"

그렇게 난 쉬지 않고 적의 본진을 향해 달리기 시작했고, 졸지에 나를 따라 모든 기병이 달리기 시작했다.

내가 타고 있는 군마도 어느새 체력이 슬슬 다하고 있는지, 숨이 가쁘기 그지없다.

그래도 한시가 급하니, 어쩔 수 없지.

난 그렇게 적진에 도착해 아군을 포위 중이던 적병에게 그대로 돌진해 깔아뭉갠 다음, 그대로 말에서 뛰어 내리면서 건틀렛을 낀 주먹으로 날 공격하려던 적병의 머리를 투구째로 후려치곤, 다시 검을 뽑았다.

"적진을 돌파해라!"

내 명령을 들은 내금위 병사들은 일제히 나를 지키려는 듯, 말에서 내려서 적에게 달려들기 시작했다. 하지만 난 진격을 멈추지 않았다.

"전하! 부디 물러나시어 옥체를 보중하소서!"

어느새 내게 다가온 내금위장이 날 말렸지만, 난 못 들은 척하며 적들을 베었다.

가끔 눈먼 칼질이 내 방어를 뚫고 닿기도 했지만, 그 모든 공격은 내가 입고 있는 판금 갑옷을 뚫을 수 없었다.

그렇게 한참을 전진하다 보니, 유달리 덩치 큰 놈 하나가 무기를 버리고 맨손으로 내게 달려들었다. 날 따라오던 내금위장이 그를 저지하려 했지만, 내금위장 역시 그놈과 동시에 달려든 적들에게 발이 묶여 그들을 상대하기 바빴다.

그놈은 내게 기습적인 몸통 박치기를 시도했지만, 난 중심을 낮추면서 공격을 버티고 왼손으로 그놈의 목덜미를 잡았다. 그러자 그놈도 뭔가 기술을 쓰려는 듯 내 다리 쪽에 발을 걸려 하고 있었다.

이게 몽골식 씨름인 부흐의 기술인가? 안됐지만 넌 상대를 잘못 골랐어. 감히 조선 갑주술의 창시자인 내게 맨손으로 싸움을 걸어?

난 그대로 오른손에 들고 있던 검을 버리고 깍지 낀 양팔로 그놈의 목을 잡으면서 얽히려던 다리를 뒤로 뺐다. 상대는 내 팔심을 버틸 수 없었는지 그대로 비명을 지르기 시작했고 난 그대로 그놈의 머리를 아래로 끌어내리면서 얼굴에 무릎 차기를 먹였다.

그렇게 적을 해치운 후 좀 전에 버렸던 내 검을 찾아보려 했는데, 난전 중에 누군가의 발에 채여 날아갔는지 보이지 않는다.

장영실이 내게 진상했던 호신용 수석식 권총을 총집에서 꺼내 빠르게 장전한 다음 아군에게 달려드는 적에게 발사했고, 곧장 총 열 쪽을 잡아 총의 손잡이 부분으로 내게 달려드는 적의 얼굴을 후려쳤다.

그다음엔 전장에 떨어져 있던 적병의 도를 집어 왼손에 쥐고 그대로 다시 전진하기 시작했는데, 재질이 좋지 않은지 몇명 베고 나니 금세 날이 상했고 적의 투구를 내려쳤더니 그대로 부러져서 버려야만 했다.

난 그렇게 총을 짧은 몽둥이 삼아 적을 공격하고 쓸 만한 게 보이면 손에 잡히는 대로 무기를 바꿔가면서 적진을 돌파해 전진하다 보니, 적진 안쪽에서 분투 중이던 최광손이 아군에 호응해 필사적으로 포위를 돌파하고 내게 합류했다.

최광손은 내가 입은 갑옷을 보고 신분을 확인하자, 내가 직접 여기까지 올 거란 생각은 못 했는지 경악했다.

"주상 전하! 어찌 소신을 구원하러 친히 이곳까지 오셨나이까?"

"그보다 먼저 상황을 보고해라."

"적도들이 머릿수를 믿고 철저하게 힘을 빼는 작전으로 아군을 상대했사옵니다. 사살한 적도의 수는 많았지만, 만약 시간이 좀 더 지체되었으면 아군의 기력이 고갈되어 위험했을 수도 있었사옵니다."

"그런가. 그럼 자세한 이야기는 나중에 하고 목전의 적을 무찌르세. 기력이 다한 이들은 후열로 보내서 쉬도록 조치하라."

그렇게 선봉대와 합류한 내금위를 비롯한 내 호위군들은

아까처럼 내가 전투를 벌이지 않게 하려 필사적으로 적의 접근을 차단하며 전투를 벌였다.

기병이 궤멸당한 상황에서도 오이라트군은 필사적으로 항전했지만, 그나마 남아 있던 병력 중 절반가량을 잃자, 전투력을 거의 상실해 결국 우리에게 항복할 수밖에 없었다.

그렇게 무기를 버리고 탈진한 채로 주저앉아 있는 오이라트의 병력을 눈앞에 두니 뭐라고 표현할 수 없는 기분이 들었다.

"우리가 승리했도다!"

내가 소리 지르며 승리를 선언하자, 병사들도 사기가 올라 소리 질렀다.

"천세, 천세, 천천세!"

"내금위장도 고생 많았네."

"…망극하옵니다."

내금의장의 얼굴을 보니, 반나절 만에 십 년은 더 늙어 보이네. 전장에 뛰어든 날 보호하려고 고생이 많긴 했겠지.

아군은 전장을 정리하며 목표로 한 정통제(正統帝), 영종(英宗) 주기진을 찾기 시작했고 금세 소로라고 이름을 밝힌 적의 지휘관과 함께 있던 황제를 찾을 수 있었다.

포로인 와중에도 단정하게 황룡포를 차려입고 있던 그는 겁에 잔뜩 질린 듯 안색이 시퍼렇게 변해 있었고, 내가 접근하자 놀라 경기를 일으켰다.

　대체 왜 저래?

　그러고 보니 내 갑옷이 온통 피투성이였구나. 전신은 피투성이고 얼굴은 면갑으로 가린 정체불명의 사람이 접근하니 많이 놀랐나 보다.

　내가 면갑의 가리개를 열고 형식적으로나마 황제에게 인사를 하려 접근하자, 왠지 일전에 들어본 적이 있는 듯한 재수 없는 목소리가 들려왔다.

　"전하!"

　어? 왕진이 그 와중에 안 죽고 살아 있었다고?

제4장

함락

　난 내게 호들갑을 떨며 달려오는 왕진을 손짓으로 제지하고, 겁에 질려 있는 전직 황제 주기진에게 명국 말로 인사했다.

　"조선의 왕, 향이 천명을 이으신 존귀한 분을 뵙사옵니다. 만세, 만세, 만만세!"

　으윽, 내가 생각해도 저런 머저리 병신에게 붙이긴 과분하고 지나친 수식어인데, 그래도 일단 저놈을 안심시키고 내게 친근감을 느끼게 하는 게 우선이긴 하지.

　"그… 그대가 정말 조선의 왕인가?"

　주기진은 여전히 겁이 나는지, 말도 제대로 못 하고 있었다.

그러자 지켜보고 있던 왕진이 나서서 주기진에게 말했다.

"황상! 이분, 아니, 지금 보고 계신 이는 틀림없는 조선의 왕이 맞사옵니다. 소신이 보증할 수 있사옵니다."

"예, 신이 바로 조선의 왕 이향(李珦)입니다."

그러자 주기진은 긴장이 조금 풀렸는지 안도한 표정을 지으며 내게 말했다.

"정녕 그대야말로 천고의 충신이로구나! 짐의 충신이라 자청하던 이들 중 그 누구도 짐을 구원하러 온 이들이 없었는데, 제후국의 왕이 무도한 이적을 손수 무찌르고 짐을 구하러 오다니……. 정녕 그대의 충의는 고금의 명신들을 모두 견주어도 부족함이 없을 것이다."

정말 그럴까? 장차 네 처지는 동탁… 은 좀 심했고, 조조 손에 들어간 천자 유협의 처지와 다르지 않아질 텐데, 너무 빠르게 안심하는 거 아닌가? 나라면 이 상황에서도 상대의 의도를 떠보려 했을 거다.

"망극하옵니다. 그저 황상을 섬기는 제후의 의무를 다하려 노력했을 뿐이옵니다."

"공을 내세우지 않는 겸손함도 마음에 든다. 황도로 귀환하면 그대에게 큰 상을… 아니지, 그저 금은보화 같은 상으론 부족하겠구나. 따로 바라는 게 있는가? 내 뭐든 들어주겠다."

주기진은 아직 북경의 상황을 전혀 모르고 있나 본데. 지금 당장 돌아가면 우겸에게 유폐당할걸? 그리고 여기서 원하는 걸 바로 말하는 건 하수나 다름없지.

"당장은 그저 황상을 편히 모시는 것이 제 바람입니다. 고초를 겪으셨는데, 보체가 상하지는 않으셨는지 염려되옵니다. 전장을 정리하고 어의를 불러 폐하를 돌보도록 조치하겠습니다. 그럼 신은 이만 물러나겠사옵니다."

그렇게 난 황제 앞에서 물러나려 했는데, 황제가 날 다시 불러 세웠다.

"잠깐! 짐을 혼자 두지 말거라."

"혹여 수발이 필요하신 거면, 포로였던 황상의 사람들을 찾아 불러들이겠습니다."

"아니다. 그들은 믿을 수 없어."

"어인 연유로 그러시는지요?"

"살아남은 환관이며 짐의 신하를 자처하던 배신자들은 모두 짐을 버리고, 이적의 왕에게 굴복하고 그를 섬기고 있도다. 또한 감히 눈조차 마주칠 수 없었던 아랫것들도 짐에게 경멸의 눈길을 보냈다. 그 와중에 짐을 끝까지 버리지 않은 건 왕 태감뿐이었어. 이젠 그대와 왕 태감 말곤 그 누구도 믿을 수 없도다."

나라도 너 같은 왕의 신하였으면 당연히 널 증오하고 미워했을 거다.

세상 모두가 저놈에게 등을 돌려도 나만이라도 이놈을 따듯하게 보듬어줘야 장차 진행할 계획의 명분이 생기고, 명이 분열하게 된다.

흠, 하는 짓은 밉지만 미워할 수 없는 내 새끼라고 생각하고 보살펴 주면 되겠군.

"황상의 의중이 그러하시면, 신이 폐하를 직접 모시겠습니다."

"그래, 정말 고맙네. 경사(북경)로 귀환하면 그대의 공은 내 반드시 잊지 않고 보답하겠다."

그러면 예정보다 조금 이르긴 하지만 이쯤에서 현실을 알려 줘야겠군.

"아뢰옵기 송구하오나, 경사는 지금 이적의 대군이 쳐들어와 전투를 벌이고 있기에 당장은 돌아가실 수 없습니다."

"뭐? 그게 정말인가? 설마 경사가 함락된 건 아니겠지?"

"신이 폐하를 구원하러 오기 전에 전투가 시작되었다는 소식만 들었기에 자세한 소식은 당장 알 수 없습니다."

"아아… 짐이 죽어서도 열성조와 선황 폐하를 뵐 면목이 없구나……"

낙담한 주기진을 보니, 새 황제가 등극했다는 다음 소식을 들으면 기절이라도 할 것 같아 입을 떼기가 망설여졌다. 에이, 모르겠다. 매도 먼저 맞는 게 낫겠지.

"그리고 아뢰기 송구하나, 차마 입에 담을 수 없는 흉사가 일어났습니다."

낙담하고 있던 주기진은 내 말에 금세 얼굴이 사색이 되어 재차 내게 말했다.

"설마 난을 틈타 반란이라도 일어난 것인가?"

아니, 너 잘렸어. 주기진의 입장에선 반란이 맞으려나?

"……"

"대체 무슨 일이 일어났는가? 어서 말해주게."

"입에 담기 송구하나, 폐하의 동생인 성왕이 천자의 위를 참칭했사옵니다."

"……!"

내 말을 들은 주기진은 이런 상황을 상상조차 못 해봤는지, 눈을 끔벅거리며 내게 다시 한번 물었다.

"그게 정말인가? 그 녀석이 감히 황제를 참칭했다고?"

"예, 그렇습니다. 병부시랑 우겸이 주축이 되어 경사에 남아 있던 대신들이 그를 옹립했다고 하옵니다."

주기진은 온몸을 부르르 떨다가 곧장 분노를 터뜨렸다.

"이 은혜도 모르는 촌놈이 죽이려다 불쌍해서 살려주었더니, 감히 짐을 버리고 기옥이를 황제로 추대해? 으아아!"

"폐하, 고정하시옵소서."

그러자 왕진이 우리의 대화에 끼어들었다.

"황상, 소신이 뭐라고 했었사옵니까? 우겸은 믿을 만한 자가 못 된다고, 신이 항상 간언하지 않았사옵니까."

"허, 이제 알겠다. 기옥이 그놈이 평소에 우겸을 두둔하는 발언을 한 건 두 놈이 미리 붙어먹었었기에 그랬던 거였어. 내 이놈들을 당장……."

아니, 우겸은 나라의 위기에서 해낼 수 있는 최고의 대처를 한 것뿐이야. 난 입장상 앞으로 그와 적대할 수밖에 없지만, 개인적으론 그를 인정하고 존경하고 있다.

우리나라에서 태어났으면 당장 황희 은퇴시키고 영의정 자리를 줘도 아깝지 않은 명신이거든.

"폐하, 지금은 냉정하게 국면을 지켜봐야 할 때입니다. 신이 반드시 정당한 천명을 이으신 황제 폐하께서 있어야 할 자리로 돌려놓겠습니다."

"그대는 이 지경이 된 것을 전부 알고도 짐을 구하러 온 것이었구나. 정말 만고에 길이 남을 충심을 지녔어. 으흑… 흑 흑……."

얼씨구, 화내다가 울기까지 하네? 진짜로 나한테 감격한 건가? 이러면 나야 고맙지.

"신이 반드시 폐하를 경사로 귀환시켜 드리겠습니다. 신을 믿어주시옵소서."

그래, 나만 믿고 따라와. 훌륭한 허수아비 황제로 만들어줄게.

　　　　　*　　　　　*　　　　　*

　난 주기진을 데리고 이징옥이 있는 본대로 합류했고, 궁금
하던 북경의 소식을 물었다.

　소식을 들어보니 빠르게 끝났던 원래 역사의 전투와는 다
르게, 오이라트 쪽도 화약 무기를 다수 보유하게 되어 그런지
장기전의 양상이 된 모양이다.

　거의 한 달 가까이 양측의 치열한 공방이 벌어지고 있고,
오이라트군은 무리하지 않고 성벽을 무너뜨리기 위해 화포를
총동원해서 덕승문(德勝門) 일대를 공격 중이라고 한다.

　역시 화약 무기가 있으니 원래 역사와 전쟁의 양상이 달라
질 수밖에 없겠네.

　내가 알기론 원래 역사의 북경 공방전에선 오이라트군이
성벽과 관문을 무리하게 점령하려다 우겸의 이끄는 군에 기
습당해 큰 피해를 보아 덕승문에서 철수했고, 북경성의 창의
문(彰義門)을 공격하다 명군의 화기로 인해 다수의 희생자를
내곤 철수할 수밖에 없었다고 한다.

　난 그렇게 척후를 통해 전황을 보고받던 와중에, 지난 전투
에서 사로잡은 적의 지휘관인 소로가 에센의 형제란 사실을
알게 되었고, 이야기를 나눠보러 그를 내 막사에 불렀다.

소로는 막사에 들어와 내가 입고 있던 갑옷을 아래위로 훑어 확인하곤, 유창한 명국 말로 소리쳤다.

"너! 나의 전사들을 학살하던 그 갑옷을 똑똑히 기억하고 있다. 네놈이 조선의 왕이라고?"

"이놈이 어디서 감히!"

"네 이놈!"

"감히 어느 안전에서……."

그렇게 소로가 내게 무례를 범하자, 나를 호종하던 일성군(日城君) 정효전(鄭孝全)과 성삼문이 소리를 질렀고, 이징옥이 다가가 그의 뺨을 쳤다.

내금위장 역시 흥분해서 칼을 뽑을 기세였기에 그들을 말렸다.

"그만!"

그러자 정효전이 분이 풀리지 않은 표정을 지으며 내게 고했다.

"전하, 당장 저 무도한 야인의 목을 쳐서 야인의 추장 야선(也先, 에센)에게 보내시옵소서!"

그러자 이징옥이 소로를 한번 노려보곤, 나를 바라보며 고했다.

"일성군의 말이 맞습니다. 전하, 당장 명을 내려주시옵소서! 소신이 직접 저 무도한 놈의 목을 치겠사옵니다!"

"야인이기에 예를 모르는 게 당연하지 않으냐. 고(孤)는 괜찮으니 일단 이야기부터 해보겠노라. 다들 가만히 지켜보기나 하게."

난 그렇게 그들을 달래곤, 곧바로 소로에게 질문을 던졌다.

"듣자 하니 네놈이 오이라트의 왕 에센의 형제라던데. 그게 사실이냐?"

소로는 이징옥에게 맞은 입 속이 터졌는지 피를 뱉어내며 대꾸했다.

"그렇다. 난 그분의 안다(의형제)이다."

이거 생각지 않게 쓸 만한 패가 손에 들어왔는데? 요전에 소식을 듣고 급하게 사전에서 명의 사서를 검색해 보았었는데, 저놈은 원 역사에서 북경 공방전에 참여했다가 전사했고, 에센의 주요 측근이라고만 적혀 있었다.

"그래, 그렇다면 네놈의 지위는 무엇이냐?"

"타이시 직속 친위대의 대장 중 하나다."

대화하며 사전을 띄워 다른 기록을 검색해 보니 검증되지 않은 야사 쪽엔 동생이라고도 적혀 있네? 혹시 몽골의 특수한 풍습인 안다라는 개념을 착각해서 동생이라고 적은 거였나?

사정이야 어떻든 역사가 바뀌어서 내게 생포당했으니, 전쟁이 끝난 다음 에센과 협상을 시도할 만한 건수가 생긴 거나 다름없네.

"소로, 내게 협조하면 그대를 형제의 품으로 송환해 주겠다. 내 이름을 걸고 약조하지."

"내게 뭘 원하나."

경칭을 생략한 소로의 말이 오갈 때마다 이징옥은 눈썹을 꿈틀대며 소로를 노려보았고, 난 눈짓으로 그를 다시 한번 제지했다.

"군사 계획을 누설하라는 무리한 요구 같은 건 하지 않겠다. 다만 네 형제 에센과 연결해 줄 이가 필요할 뿐이야. 당장은 아니고, 차후에 협상이나 강화를 맺고 싶다. 가능하다면 에센과 친견할 자리를 주선해 주었으면 좋겠는데."

"성사되면, 날 돌려보내 주는 건가?"

"그래, 전쟁이 끝나면."

"그것보다 한 가지 궁금한 게 있다."

"뭐지?"

"조선에선 가장 강한 투사만이 왕의 자리에 오를 수 있는 건가?"

대체 뜬금없이 저게 무슨 소리야? 뭔가 착각하고 있는 듯하니 적당하게 포장해서 답변해 줘야겠다.

"내 무예 수준으론 조선을 세우신 태조 대왕 전하의 발끝에도 못 미친다. 여기 있는 도원수도 단기로 백여 명을 참살한 일당백의 용장이고, 나 정도의 무인은 조선에 셀 수 없이 많아."

그러자 이징옥이 눈을 부라리며 소로를 노려보았고, 소로는 겁먹지 않고 그런 그를 바라보며 눈싸움을 시작했다.

"도원수, 저놈이 이적들의 왕 에센의 의형제라니, 오이라트에서 높은 자리를 차지하고 있을 걸세. 또한 앞으로 중요한 접견을 성사시켜 줄 이니, 내키진 않아도 적당히 대우해 주고 싸움을 걸진 말게."

"예, 전하의 명을 받들겠사옵니다."

이징옥은 내 말을 듣곤 금세 화를 앉히고 차분하게 답했다. 역시 충성심 하난 알아줘야 해.

이징옥과 내가 조선말로 대화하는 걸 지켜보던 소로는 곧장 명나라 말로 소리쳤다.

"저 산돼지가 너보다 강하다는 건가? 그 말은 믿을 수 없다. 나 소로는 날 모욕한 건방진 산돼지 놈에게 결투를 신청하겠다."

이놈은 자신의 처지가 어떤지 파악이 안 되는 건가? 솔직한 심정으론 내가 직접 패주고 싶긴 한데, 신하들 보는 눈도 있고 지명도 이징옥 쪽으로 들어왔으니 어쩔 수 없지.

소로의 말을 들은 이징옥도 더는 참을 수 없는지 얼굴이 붉으락푸르락해졌고, 내 허락을 구하려는 듯 날 바라보았다.

"어쩔 수 없군. 도원수, 적당히 상대해 주게나. 죽이진 말고, 저 건방진 놈에게 군자의 예를 가르쳐 주게."

그러자 이징옥의 표정이 화색이 되어 내게 답했다.

"삼가 명을 받들겠습니다!"

그건 그렇고 이징옥의 별명이 산돼지인 건 어떻게 알았대? 여진족이나 몽골 놈들의 감성은 전부 비슷한 건가?

그렇게 진중에 결투장이 만들어졌고, 난 씨름판처럼 바닥에 고운 흙이나 모래를 모아 깔도록 지시했다.

둘의 대결은 어느새 진중에 소식이 퍼져 전직 황제 주기진과 왕진도 구경에 나섰고, 난 일부 군졸들과 오이라트의 지휘관급 포로들도 감시하에 구경하도록 조치했다.

"이것은 어디까지나 친선 대결이고, 무기 없이 맨몸으로만 싸울 것을 허락하겠노라."

"맨몸으로도 저런 놈은 내게 상대가 되지 못한다. 내가 바로 나담(몽골의 축제) 부흐(몽골 씨름)의 아와르가(챔피언)다!"

그러자 이징옥이 소로의 말을 자르듯 소리쳤다.

"그딴 알아먹지도 못할 말은 때려치우고 어서 덤비기나 해!"

그렇게 대결을 시작한 둘은 탐색전에 나섰고, 가벼운 주먹질이 먼저 오고 갔다.

그렇게 기회를 엿보던 소로가 먼저 이징옥의 얼굴에 주먹을 날리는 척하면서 몸을 숙여 이징옥의 사타구니 안쪽을 잡왔고 그대로 몸을 뒤집어서 던지려고 시도했다.

하지만 이정옥은 금세 오른손으로 상대의 허리춤을 잡아서 아래로 짓눌러 기술을 봉쇄했고, 왼손으로 아래로 내려간 소로의 목을 조르려고 했다.

소로 역시 이런 쪽에 경험이 많은지, 목이 완전히 졸리기 전에 한쪽 손을 안으로 넣어 그것을 방어해 냈고, 두 명은 기묘한 자세로 대치 상태에 빠졌다.

그러자 오이라트의 포로들은 각자 자신의 대장을 응원했고, 조선의 병사들 역시 이정옥을 응원하고 있었다.

치열한 경기를 지켜보던 주기진은 무예 쪽엔 문외한인지, 대치 상황을 보며 한심한 소리를 했다.

"생각한 것보다 재미없는 대결이로구나. 차라리 검을 쥐고 싸우게 했으면 좋았을 것을."

그 말을 들은 난 어이가 없었지만, 내심 참고 황제에게 상황을 최대한 쉽게 풀어 설명해 주었다.

"힘을 겨루는 것도 한계가 있으니 곧 대치가 끝날 것이옵니다. 또한 이런 식으로 대치가 길어지면, 덩치가 큰 도원수 쪽이 유리합니다."

"그런가? 짐은 좀 더 화끈한 걸 기대했는데······."

이게 포로 생활 하다가 조금 상황이 나아졌다고 바로 철없는 본성이 나오네. 어휴, 이걸 때릴 수도 없고. 아니지, 생각해 보니 넌 평생 철이 안 들어야 우리에게 도움이 되겠구나. 평생 그렇게만 살아줘.

그러자 왕진이 내관답게 내가 황제의 말을 듣고 잠시 불편해한 것을 눈치챈 듯, 웃으면서 말을 돌렸다.

"전하께선 관리를 어찌하시기에 시간이 그리 흘렀어도 용안이 그대로시옵니까? 소인은 그저 부럽기만 하옵니다."

그러고 보니 내 나이가 서른셋이고 주기진보다 한참 연상이었지? 저놈은 얼굴에 살이 뒤룩뒤룩 찐 데다 이십대 초반치곤 심하게 노안이라 그런지, 나와 같이 서 있으면 내가 아들뻘로 보이겠는데?

"그쪽으론 딱히 의식한 적 없어서, 비결이랄 건 없네. 그저 잘 먹고 단련을 꾸준히 한 덕분이겠지."

"혹여, 소신이 모르는 전하만의 특별한 약식 같은 게 있으시면 알려주시옵소서."

난 왕진의 말에 적당히 대꾸하며 경기에 집중했는데, 어느새 대치 상황이 끝났고 소로가 이징옥에게 주먹을 휘두르고 있었다.

그러자 이징옥은 침착하게 그것을 피하다 빈틈을 찾아 소로의 얼굴 하단에 오른쪽 주먹을 전력으로 날렸다.

오, 저건 마치 주먹으로 대포를 쏜 듯한 느낌이군. 소로는 주먹질 한 번에 죽은 듯이 그 자리에 쓰러졌다.

"와아아아아!"

조선의 병사들은 소리를 지르며 이징옥의 승리를 축하했고, 오이라트의 지휘관들은 초상이라도 난 듯 침울해졌다.

실망이라고 했던 주기진도 내심 감탄했는지, 내게 물었다.

"저 장수의 용력이 정말 대단하구나. 단 일 권(拳)에 사람을 저리 만들 수도 있는 거였나."

"도원수 이징옥은 일전에 야인의 난을 진압하며, 단기로 백여 명을 베었던 아국 제일의 용장이옵니다."

"그래? 정말 대단하구나. 대국에도 저런 장수는 없도다."

당연하지. 이징옥은 내가 뿌린 씨에서 발아한 최고급의 수확물이나 다름없다. 곧 오십이 되어가는 나이에 나와 비슷한 정도로 육체를 단련했으니, 그의 노력이 얼마나 대단했을지 짐작조차 할 수 없었다.

"이징옥이란 자가 무도하고 방만한 이적 놈을 때려눕혀 짐의 눈을 즐겁게 해주었으니, 은상을… 아니지, 나중에 벼슬이라도 내려주도록 하겠다."

우리 바지사장님께선 포로 생활 중에 소로에게 쌓인 게 많았나 보군.

황제를 구출하며 확보한 전리품은 양이 너무 많아 아직도 수량 파악이 제대로 안 되고 있었고, 난 황제에게 앞날을 생각해 절대 손대면 안 된다고 당부했다.

난 우리가 챙긴 금은보화는 황제에게 적당히 주고 우리나라로 빼돌릴 생각이기도 하다. 정확하진 않지만, 절반만 가져가도 나라 몇 년 치 예산에 필적하지 않을까?

난 그날 저녁 이징옥을 불러들여 그의 공을 칭찬하며, 미당주머니와 은자를 건네주었고, 패자인 소로에게 의원을 보냈다.

다음 날부터 소로는 이징옥에게 참된 교육을 받은 덕분인지 건방진 태도가 사라졌고, 내게 경어를 쓰며 공손한 태도를 보였다.

역시 예를 모르는 건방진 놈에겐 매가 약인 건가. 성현인 공자나 부처도 어릴 적부터 싸움도 잘하고 한 덩치 했다던데, 그래서 제자들도 그들을 따른 게 아닌가 싶기도 하다.

그렇게 진중에서 주기진을 적당히 상대해 주며 북경의 소식을 파악하던 중, 오이라트군이 북경성의 주요 거점인 덕승문을 돌파하고 만리장성과 이어져 북경에서 가장 중요한 관문인 거용관(居庸關)을 함락했다는 소식이 들어왔다. 이에 나는 북경을 향해 전군을 움직이기 시작했다.

오이라트 놈들도 그동안 화약 병기로 재미 좀 본 모양인데, 내가 진짜 불놀이가 뭔지 그들에게 보여줘야겠다.

*　　　　*　　　　*

북경을 수호하던 덕승문의 성벽 일부가 오이라트의 화포 공격으로 결국 무너져 내렸다.

무너진 곳을 필사적으로 사수하던 우겸의 분투가 무색하게 밀집한 명군의 병력을 향해 명국에서 노략질한 화기의 집중포화가 날아들었고, 결국 성벽이 돌파되어 전세는 시가전의 양상으로 흘렀다.

우겸은 성벽이 돌파당한 상황에서도 포기하지 않고 다른 문을 수비하던 병력을 소집했고, 오이라트군을 성벽 밖으로 밀어내려 했지만, 에센은 대치 상황을 오래 끌지 않았다.

그는 주저하지 않고 명군의 방패막이가 될 만한 집을 전부 태워 북경의 시내를 불바다로 만들었다.

어떻게든 필사적으로 불을 끄려 하는 명군에게 덕승문 일대의 고지대를 선점한 오이라트의 화포 공격이 날아들었고, 결국 자금성마저 위험한 지경이 되자 경태제의 곁을 지키던 신하들이 그를 남쪽으로 피신시키기 시작했다.

"이것 놓아라! 어찌 황제가 수도를 버리고 도망칠 수 있단 말이냐?"

경태제가 눈물을 흘리며 그를 피신시키는 신하들에게 절규했고, 우겸의 지지자이자 충신인 이부상서 왕직(王直)이 눈물을 흘리며 어린 황제에게 말했다.

"태상황에 이어 폐하마저 이적에게 잡히면, 이 나라는 망국의 길을 걷게 될 것이옵니다. 부디 남경으로 피신하시어 보체를 보중하소서!"

경태제 주기옥은 왕직의 말이 들리지 않는지, 망연자실한 표정으로 화재가 일어난 곳을 보고 있었다.

"아아! 황도 경사가 불타고 있도다."

그러자 왕직은 불경죄를 무릅쓰고, 황제의 양어깨를 강하게 쥐었다.

"폐하께선 홀몸이 아니옵고, 수많은 것들을 짊어지고 계시옵니다. 부디 총기를 되찾으시옵소서!"

정신이 나간 듯한 경태제가 고통에 반응해, 왕직을 바라보자 왕직이 재차 말을 꺼냈다.

"폐하! 병부상서 우겸이 폐하의 퇴로를 확보하려 이적에 맞서 필사적으로 싸우고 있사옵니다. 부디 그와 병사들의 희생을 헛되이 만들지 마소서."

"그래, 자네 말이 맞군. 보잘것없는 날 살리기 위해 수많은 신하와 병사들이 고군분투하고 있는데, 짐마저 잡히면 그들의 희생은 아무짝에도 쓸모없어지겠지."

왕직의 충언으로 어느새 정신을 차린 경태제는 신하들이 준비한 말에 올라 뒤도 돌아보지 않고, 필사적으로 달렸다.

그는 일부 관료들과 친위대를 동반해 북경의 남문인 영정

문(永定門)을 통과해 북경에서 탈출했고, 우겸은 병력을 이끌고 에센의 친위대에 맞서 분투하다 투구 위로 사석포의 파편을 맞아 혼절하고 결국 포로가 되었다.

에센은 수하들에게 자금성을 제외한 민가의 약탈을 허락했고, 명의 수도 북경은 오이라트군에게 함락되었다.

＊　　　　＊　　　　＊

북경이 불타고 있을 무렵, 정보 수집 임무를 맡아 북경에 머물던 한명회는 사람들을 모아 뇌옥으로 향했고, 지키는 사람이 모두 사라진 옥에 손쉽게 들어갈 수 있었다.

"도어사 대인, 이곳에서 꺼내 드리러 왔습니다."

한명회가 옥에 갇혀 있던 석형에게 말을 걸자, 그는 한명회를 알아보지 못하고, 경계하며 반문했다.

"네놈은 누구냐? 누구의 사주를 받고 예까지 온 거야?"

"소인을 잊으셨습니까? 일전에 조선의 우참찬 정 대감과 함께 뵌 일이 있었습니다."

석형은 정인지의 일행에 끼어 있었던 한명회의 얼굴을 기억해 내곤, 금세 화색이 되어 한명회에게 물었다.

"나의 벗, 우참찬의 명으로 구하러 온 것인가? 설마 그도 여기에 왔는가?"

"그건 아닙니다. 상황이 급박하니 자세한 것은 여기서 나간 다음 설명하지요."

"대체 밖에선 무슨 일이 벌어지고 있는가?"

"경사가 이적들의 공격을 받아 덕승문 인근의 성벽이 무너졌고, 성내에서 교전이 벌어지고 있습니다."

우겸에 의해 감옥에 갇혀 바깥 사정을 모르던 석형은 한명회가 전해준 소식을 듣고 경악하며, 제일 궁금한 것을 물었다.

"뭐? 황상의 신변은 어찌 되었는가?"

"소인도 거기까진 알 수 없었습니다. 그보다 빨리 여기서 나가야 합니다."

"잠시만! 나와 같이 여기 갇혀 있던 이들이 많네. 그들도 구해야 하네!"

"이미 손을 써두었고, 대인이 마지막입니다. 어서 나가시지요."

"그런가, 은인에게 감사의 말이 늦었군. 정말 고맙네."

한명회는 석형을 데리고 신속하게 뇌옥 밖으로 나왔고, 석형은 곳곳에서 화재가 일어난 북경의 야경을 보곤 충격받아 망연자실한 표정을 지었다.

"대인의 심정은 이해가 가나, 지금은 움직여야 할 때입니다. 어서 가시지요."

"알겠네."

석형은 그렇게 한명회의 도움을 받아 자신도 잘 모르고 있던 북경의 뒷골목을 거쳐 빠르게 이동해 모처에 도착했다.

그곳엔 복면으로 얼굴을 가린 이들이 여럿 있었고, 감옥에 갇혀 있던 동지들을 만날 수 있었다.

"석 대인! 무사하셨군요."

그의 지기인 서유정(徐有貞)이 대표로 나서서 그의 안위를 물었고, 석형은 그들이 무사한 것을 확인하곤 금세 안도의 한숨을 내쉬었다.

"정말 고맙네. 그리고 미안하지만, 그대의 이름이 기억나지 않네. 다시 한번 말해줄 수 있겠나?"

"한가의 명회입니다. 그냥 한가라고 불러주시지요."

"아닐세, 어찌 은인을 그리 하찮게 부를 수 있겠나. 별호를 알려주게."

"그럼 압구라고 불러주시지요."

"알겠네. 압구, 아까 성벽이 무너졌다고 했었지? 자세한 상황을 설명해 줄 수 있겠나?"

"석 대인이 뇌옥에 갇혀 계신 동안, 병부상서로 승진한 우겸이 군을 이끌고 이적의 군대와 맞서 싸웠지만, 성벽이 무너져 이적들이 들이닥쳤습니다. 아마 지금쯤 성안 곳곳에서 전투가 벌어지고 있을 겁니다."

"허, 공사를 구분 못 하는 멍청한 놈이……. 급박한 시국에서 대계를 그르쳤구나. 차라리 본관이 군을 지휘했으면 이런 사태까진 오지 않았을 것이다."

사실 석형은 현재 도어사의 지위에 있긴 하나 저명한 무장 출신이었고, 권력욕만큼 어느 정도의 능력도 있는 이였다.

또한 원 역사의 북경 공방전에서도 우겸과 함께 오이라트를 몰아내는 공을 세우기도 했다.

"황상의 안위는 모른다고 했지?"

"예, 거기까진 알 수 없었습니다."

"그럼 다음 행보에 대해 생각해 둔 바가 있는가?"

"지금은 이적들을 피해 몸을 숨기고 기회를 엿봐야 할 때입 니다."

그러자 석형이 한명회를 따르고 있는 이들을 둘러보면서 말했다.

"자네의 진짜 정체와 목적이 뭐지? 일개 역관이 이런 일을 벌이리라 생각되지 않네."

그러자 한명회는 웃으며 석형의 질문에 답했다.

"소인은 그저 일개 역관이 맞습니다. 또한 여기 저를 도와 주는 이들 역시 전부 명나라 사람들입죠."

"뭐? 그걸 믿으란 말인가? 얼핏 보기에도 범상치 않은 이들 이건만."

"사실대로 고하자면, 소인이 여기 머물며 사귄 영웅호걸들이옵니다. 그저 대의에 공감하여 돕고 있을 뿐이지요."

그들의 정체는 북경의 주먹패들이었다. 한명회는 우겸의 봉쇄 조치로 인해 북경의 성문이 닫혀 빠져나갈 방도가 없어지자, 고관들에게 뇌물로 쓰고 남은 미당을 미끼 삼아 자신을 돕는다면 전쟁이 끝나고 조선의 왕에게 큰 상을 받을 거란 감언이설로 이들을 구워삶은 것이었다.

석형은 금세 그들의 눈빛과 분위기를 보고 그들의 정체를 짐작하곤, 한명회를 다시 보게 되었다.

"일개 역관치곤, 참 자연스레 저들을 대하는군."

"고향에서 소싯적부터 사귀던 이들과 기질이 비슷해서 그런 듯하옵니다."

"그런가. 역시 자넨 범상한 이가 아니었군."

"과찬이십니다."

그렇게 한명회가 이끄는 무리는 오이라트군을 피해 빠르게 이동했고, 이미 약탈이 한바탕 벌어진 듯한 거대한 저택에서 자고 있던 오이라트 군대의 무리를 발견하곤 빠르게 그들을 습격했다.

"장 노사! 날붙이는 쓰지 말고 목을 졸라서 처리해 주시오. 그들의 옷과 갑옷이 필요합니다."

"알겠소."

장 노사라고 불린 주먹패가 한명회의 요청에 따라 자고 있던 병사들을 전부 제압했고, 석형을 비롯한 무장 출신 관료들도 그들을 도왔다. 그렇게 병사들을 전부 처리한 일행은 시체를 우물에 버린 다음 옷을 갈아입었다.

그러자 석형이 한명회에게 말을 꺼냈다.

"이적의 옷을 입긴 했으나, 누군가 달자 말로 말을 걸면 금세 들키게 될걸세."

"걱정하지 마시지요. 몽어는 제가 할 줄 압니다."

"그런가? 그래도 이 많은 인원이 움직이면 눈길을 필히 끌게 될걸세."

"소인이 생각해 둔 바가 있으니, 전부 머리부터 풀러 야인들처럼 내려 땋으시고 윗부분은 투구나 야인들의 털 쓰개로 감추시지요."

그렇게 일행들이 그럴듯하게 위장을 갖추자, 한명회는 주저 없이 칼을 꺼내 자신의 머리카락 윗부분을 잘랐다.

"뭐 하는 건가?"

"이래야 의심을 덜 받습니다."

"아무리 그래도… 그건……."

"부모에게 물려받은 털이 소중하긴 하나, 목숨이 더 귀하지요. 제 가친께서도 이해해 주실 거라 생각합니다."

그렇게 한명회는 다른 이들의 도움을 받아 앞머리만 조금 남겨 그럴듯한 몽골식 변발을 완성했고, 고위 지휘관처럼 복장을 꾸몄다.

"이제부턴 모두 침묵을 유지해 주시지요. 말을 하는 건 저 혼자로 족합니다."

"알겠네."

그렇게 당당하게 북경의 시내를 활보하던 일행은 금세 어느 고관의 집을 약탈하는 무리와 마주쳤다.

석형을 비롯한 명국인들은 그 만행을 보고 분노했지만, 한명회는 눈빛으로 그들을 진정시키곤 뒷짐을 지고 다가가 몽골어로 소리 질렀다.

"어느 놈이 감히 내가 점찍어 놓은 곳을 마음대로 하라고 하더냐?"

그러자 그들의 지휘관인 자군(백인대)의 대장이 나와 한명회에게 답했다.

"누구십니까?"

"건방지게 내 이름을 묻는 네놈은 누구냐?"

"저는 다쉬의 아들 훌란입니다."

"그래, 훌란 네놈의 소속은 어디냐?"

"마오하나이 장군 휘하입니다."

"하, 겨우 그딴 뒷배를 믿고 감히 내게 까분 거야? 정녕 죽고 싶으냐?"

마오하나이는 에센의 측근 중 하나였고, 그런 이를 아무렇지도 않게 대하는 한명회를 본 홀란은 상대의 신분이 짐작한 것보다 거물이라고 착각하곤 급하게 고개를 숙였다.

"예? 아닙니다. 어찌 제가 그런……."

"여긴 내가 접수할 테니, 네 졸개를 데리고 어서 꺼져라."

"알겠습니다. 이봐! 전부 손에 든 거 내려놓고 철수해!"

홀란은 부하들의 불만을 잠재우며 다른 곳으로 이동했고, 한명회는 저택의 사람들을 모두 한곳으로 모았다.

그러자 석형이 자신의 신분을 밝혀 그들을 안심시켰고, 약탈 와중에 강간당할 뻔했던 여인들은 눈물을 흘리며 감사를 표했다.

석형은 한명회와 둘만 남게 되자, 한숨을 쉬며 말을 꺼냈다.

"하, 대체 무슨 생각으로 이런 짓을 저지른 건가? 방금 물러난 이적 놈이 상관을 데려오면 어쩌려고 그러나?"

"아마도 이곳에 다신 오지 않을 겁니다."

"어째서?"

"지금쯤이면 손해를 본 만큼 한몫 챙기러 다른 약탈 장소를 찾기 바쁠 텐데, 여기 다시 올 생각을 하겠습니까?"

"그럴듯하군. 그렇다 해도 자네 담력이 대단해. 어찌 그 상황에서 호통을 칠 수 있단 말인가."

"본래 이런 일을 하려면, 상대가 의심조차 하지 못하게 강하게 나가야 하지요. 오히려 어설프게 위조한 신분을 만들어서 저들에게 내세웠다면 의심을 샀을 겁니다."

"그런가. 자네는 역관이 된 게 실수인 듯하군. 내 이제껏 웬만한 군사나 모사들을 봤지만, 자네만큼 대담한 수를 내는 이가 없었네."

"그렇습니까? 조선국의 국왕 전하께서 소신을 거두어주지 않았으면, 이런 일을 할 기회조차 없었을 겁니다."

"그런가. 내가 그대를 진작 알고 도움을 받았다면, 우겸 같은 놈에게 밀리지 않았을 것을…… 참으로 아쉽구나."

그러자 한명회는 손가락으로 탁자를 몇 번 치곤, 조심스럽게 말했다.

"그 상황에서 석 대인이 정국을 손에 넣으시려면, 오직 반정을 일으켜 군사로 조정을 장악하는 방법뿐이었습니다. 그 당시 석 대인을 도왔다 해도 어찌 제가 반정을 도울 수 있겠습니까?"

"그런가? 자네라면 완벽히 잘할 수 있을 것 같네만."

"실없는 말씀은 그만하시고, 저택 주인에게 여기서 잠시 머물겠다고 말씀해 주시지요."

"알겠네. 다음 계획은 뭔가? 여기서 몸을 숨긴다 한들 한계가 있을 터."

"우선은 기다리는 것입니다."

"누굴?"

"소인의 짐작대로라면, 며칠 안에 전하께서 구원군을 데려오실 것입니다."

*   *   *

1447년이 12월에 접어들 무렵, 행군 일주일 만에 난 원정군과 함께 동이 트기 전 북경 근교에 도착했다.

주변을 살펴보니 성 바깥쪽엔 남은 병력이 거의 없었고, 안쪽에서 수많은 연기가 피어오르는 북경성의 광경을 보아하니 이미 전투가 끝나 안에서 약탈이 벌어지고 있음을 짐작할 수 있었다.

성 바깥에 남아 있는 병력의 수를 헤아려 보니, 일만이 채 안 되는 걸 보아 대부분 성안으로 들어가 있는 듯 보인다.

"총통위장. 군을 배치해 덕승문 일대와 무너진 성벽을 점거하게."

"주상 전하의 명을 받들겠습니다."

세자 시절에 내 호위를 담당하던 총통위장 김경손이 내 지시에 성벽에서 십 리 정도의 거리를 두고 진을 치기 시작했고, 이징옥은 기병대를 이끌고 적진을 기습해 아군의 포진을 도왔다.

오이라트군은 전쟁에서 승리했다는 기쁨에 취한 것인지 경계가 느슨해져 있었다. 아군의 기습에 제대로 대응조차 못 하고 다수의 사상자를 낸 오이라트 군은 성안으로 도망치기 시작했다.

그러자 곁에 있던 남빈이 내게 물었다.

"주상 전하, 이대로 공성전을 벌이실 예정이시옵니까?"

"그래, 저들은 성을 공격한 경험은 있어도 수성을 해본 적은 없도다. 이젠 새로운 경험을 시켜주어야겠어. 그리고 자네에게 맡길 일이 있네."

"신이 해야 할 일을 일러주소서."

"자네는 이제부터 별동대 일만을 이끌고 거용관 쪽에서 오는 적의 치중과 지원을 차단하게. 만약 그쪽의 방어가 허술하다면, 점령해도 무방하도다."

"삼가 전하의 명을 받들겠습니다."

남빈이 별동대를 이끌고 거용관 방면으로 향하자, 오이라트 군은 뒤늦게나마 우리의 공격을 눈치채고 무너진 성벽과 성문 쪽에 병사를 배치하기 시작했다.

우리 군은 그 와중에 오이라트 놈들이 성안으로 후퇴하며 버리고 간 화약 일부를 거둘 수 있었다. 가져온 걸 보니 척 보기에도 만 근은 넘게 보이네? 이거 생각지도 않은 횡재로군.

그때 성삼문이 척후병의 소식을 가져왔다.

"전하, 적들이 동문 쪽을 열어 기병을 다수 내보냈다고 하옵니다."

"오게 두어라. 총통위가 그들을 맞을 것이다."

그렇게 오이라트의 기병대가 총통위의 방진을 향해 돌격하기 시작하자 성벽 쪽에서도 그들을 지원하려 포를 쏘기 시작했고, 동시에 보병 다수를 진군시켜 우리 쪽으로 향했다.

너희가 뭔가 착각한 듯한데, 그 먼 거리에서 쏴봐야 우리에게 오는 건 소리뿐이야. 화포 소리를 못 들어본 이들에겐 위협적일진 몰라도, 우리 군에겐 정말 익숙하거든?

망원경으로 저들의 기병대를 살펴보니 선두의 기병들이 랜스를 들고 있었다. 설마 우리가 쓰는 거 보고 따라 만든 건가? 뭐 그렇다 한들 우리가 쓰는 장창보다 짧아서 다행이군.

적 기마대의 수를 대략 살펴보니 일만 정도인 듯한데, 그 정도 수론 총통위 병사들의 테르시오 방진을 뚫는 건 불가능할 거다.

건주위 정벌부터 시작해 일본까지 다녀오며 실전 경험을 쌓은 정병들이 고작 랜스만 들고 있는 기병에게 뚫릴 리 만무하지.

난 기병과의 거리가 차츰 가까워지자 하급 지휘관들을 통해 화포병에게 지시를 내렸다.

"대신기전을 준비하라."

"대신기전 준비!"

비록 대신기전이 비격진천뢰와 비교하면 효율이 떨어지긴

하나, 전투의 시작을 알리는 용도론 저만한 게 없긴 하다.

"방포."

"방포하라!"

명령과 동시에 적 기병에게 날아간 대신기전 스무 발가량이 폭발해 파편을 사방으로 흩뿌렸다.

오? 반응이 꽤 빠른데? 적의 지휘관이 누군지는 모르지만, 상당히 빠르게 기병을 산개해서 피해를 최소화했다. 그만큼 실전을 많이 겪어봤다는 거겠지.

어느새 적과 총통위의 거리는 사백 미터가량으로 가까워졌다.

단발이 안 되면 여러 발이지. 사실 이쪽도 화약 낭비긴 하지만, 적의 사기를 깎는 데 이만한 것도 없다. 비격진천뢰는 적 보병에게 써야 하니, 잠시 아껴둬야겠어.

"화차 준비."

"화차를 준비해라!"

난 육성 대신 손짓으로 적을 가리켰고, 그들이 화차의 사정거리에 들어오자 지휘관들의 명령이 떨어졌다.

100대의 화차에서 발사된 4000발의 폭발형 화살들이 일제히 새벽 공기를 가르며 불꽃으로 하늘에 수를 놓기 시작했다.

*   *   *

오이라트의 정예 기병 지휘관인 바얀은 북경을 점령하고도 긴장을 늦추지 않고 있었다.

혹시 모를 적의 반격에 대비하고 있던 차에 적군이 쳐들어 왔다는 소식을 듣고, 자금성에서 휴식 중이던 에센에게 전령을 보낸 다음 곧바로 군을 수습해 반격에 나섰다.

정체불명의 적군이 공격 중인 덕승문 방면엔 자신의 휘하 지휘관들을 보내 대처하도록 했고, 그 자신도 이번 전쟁을 거치며 성장한 중갑 기병대를 이끌고 적을 공격하러 나섰다.

"성문을 열어라!"

바얀의 군은 동쪽에서 출병해 성벽을 돌아 북쪽의 조선군과 대치를 시작했다. 해가 어슴푸레 뜬 새벽이었지만, 초원에서 살며 단련된 그들의 초인적인 시력으로 적의 실태를 대략적이나마 파악할 수 있었다.

"적의 규모가 제법 큽니다. 어떻게 하시겠습니까?"

부관의 물음에 바얀이 답했다.

"무너진 성벽을 사수 중인 아군을 도우려면, 우리가 먼저 나서야 한다."

"알겠습니다."

그렇게 진격을 시작한 바얀의 기병은 곧장 산개 태세로 흩어졌고, 그와 동시에 적군의 진영에서 화포 소리가 울려 퍼졌다.

'저게 뭐지?'

명나라군이나 오이라트군이 쓰는 화포에서 발사되는 포환과는 다르게, 확연히 눈에 띄는 막대 같은 것 스무여 개가 포물선을 그리며 날아왔고, 전진하던 기병들을 덮쳤다.

그 순간 엄청난 소리와 함께 그것들이 폭발해 유효 반경에 있던 기병들 여럿이 쓰러졌다.

바얀은 처음 보는 방식의 화포에 당황하긴 했으나, 금세 현황을 파악하곤 피해가 그리 크지 않은 것을 알게 되었다.

"속도를 올려라!"

일만의 기병이 바얀에 지시에 맞춰 빠른 걸음 정도에서 절반가량 속도를 올리기 시작했고, 어느새 적과의 거리는 1리 내에 접어들게 되었다.

그러자 바얀은 그제야 적들의 정체를 파악할 수 있었다. 창으로 무장한 다수의 적병이 보였고, 적진 뒤편에 본 적이 있었던 철 갑옷을 차려입은 기병들이 자리한 것을 발견했다.

'솔롱고 놈들이 명을 구원하러 온 것이었나? 드디어 저놈들에게 복수할 기회가 왔군. 지난번과는 다를 거다.'

바얀의 기병대는 나팔총 부대의 무서움을 이미 한 번 겪어본바, 기존의 것보다 두꺼운 철판으로 보완한 철피갑(鐵皮甲), 속칭 두정갑이라 불리는 계통의 갑옷을 입고 있었다. 이 두정갑은 소형 사석포로 시험해 본 결과 만족할 만한 방탄 성능을 가진 것으로 확인되었고, 이를 착용한 바얀군은 두려움 없이 적에게 접근할 수 있었다.

어느새 정비를 마친 아군이 성벽 위에서 포를 쏘며 기병을 지원했고, 그에 맞춰 보병들이 진군하는 걸 본 바얀은 기분 좋게 돌격 속도를 최대로 올렸다.

바로 그때, 시야를 온통 불꽃으로 뒤덮는 공격이 날아들기 시작했고, 생전 처음 보는 공격에 당황한 것은 그뿐만이 아니었다.

선두에 위치한 말과 기수들 전부가 혼란에 빠졌고, 곧장 차마 셀 수도 없는 폭발음이 이어져 이들의 시야를 가리고 돌격을 방해하기 시작했다.

일부 기병들은 얼굴로 날아든 파편에 맞아 피투성이가 되었고, 적응 훈련으로 폭발음에 익숙해지긴 했으나 마갑으로 보호되지 못한 배나 다리 부위에 공격을 받고 눈앞에서 불꽃까지 터지니 말들도 놀라서 날뛰기 시작했다.

"여기서 돌진을 멈추면 더 큰 피해를 본다! 멈추지 말고 전진해라!"

그러나 폭음에 묻혀 바얀의 지시는 선두에게 전달되지 않았고, 어쩔 수 없이 그들을 포기하고 그대로 돌격을 계속할 수밖에 없었다.

'처음 보는 공격에 놀라긴 했어도 이 정도론 크게 피해를

본 게 아니지. 진짜 싸움은 이제부터다.'

그렇게 오이라트의 기병대가 충격력을 높이기 위해 여러 개의 밀집형 일자진으로 대형을 변경하며 조선군의 방진으로 돌격하자, 새로운 공격이 이어졌다.

여태 보이지도 않던 이들이 창 진의 전열로 나와서 일제히 총을 발사했다.

— 타다다다당!

이번에도 역시 차마 셀 수 없는 발사음들이 합쳐져 전장을 울렸고, 동시에 적진이 연기에 가려지기 시작했다.

그와 동시에 기병들이 차마 셀 수 없이 말에서 떨어지거나 말 위에서 죽었고, 살아남은 이들은 이를 확인할 겨를도 없이 기병창을 들고 적진으로 뛰어들었다.

이들이 조선군을 흉내 내어 만들게 했던 랜스의 길이는 총통위 창수가 사용 중인 대기병용 장창의 길이에 미치지 못했고, 땅바닥에 단단히 고정된 치명적인 가시덤불의 정원에 뛰어든 선두의 기병은 처참한 죽음을 맞이했다.

전열의 대부분이 창에 찔려 쓰러지고 운 좋게 살아남은 말들이 날뛰자 그 뒤를 따라오던 이들 역시 아군의 말이나 시체 더미를 들이받으며 혼란에 빠졌고, 이어지는 총병들의 공격에 목숨을 잃기 시작했다.

바람이 불지 않아 화약 연기로 시계가 확보되지 않은 상황에서도 무차별적인 사격이 연달아 이어졌고, 돌격이 멈춰진 기병은 그 상황에서 맞히기 쉬운 과녁판이 되었다.

낙마하고도 살아남은 오이라트의 기병들은 아군을 도우려 병장기를 들고 달려들었지만, 조선군의 진영엔 총병과 창병만 있는 게 아니었다.

조선군의 팽배수, 이젠 중장보병이라 불러야 마땅한 근접전의 명수들이 판금 갑옷을 입고 철제 방패와 철퇴로 무장한 채 접근하는 이들을 때려죽이고 있었다.

또한 그들은 쓰러져 있는 적들을 방패와 철퇴로 내려찍으며 확인 사살 했고, 그렇게 싸움의 흐름이 난전으로 흐르자 오이라트의 기병들은 발이 묶여 보조 무장인 검이나 도를 들고 조선군을 상대하게 되었다.

그사이 도착한 오이라트의 보병들이 진형을 갖추고 조선군의 측면을 공격했지만, 조선군의 사격형 방진에서 기병들을 공격하던 총병들은 팽배수들이 그들을 상대하는 사이 측면으로 이동해 대응사격을 시작했다.

*　　　　　*　　　　　*

본진에서 전황을 지켜보던 난 적의 보병과 화포병들이 뒤따라 접근하는 것을 보곤, 그간 아껴두었던 비격진천뢰를 발사하도록 지시했다.

"방포."

그러자 지휘관들이 내 명령을 받아 복명복창하며 소리쳤다.

"방포하라!"

저들이 쓰는 사석포가 구식이긴 해도, 밀집 중인 아군을 공격하기 시작하면 피해를 보게 된다. 그러기 전에 방해하는 게 최선이지.

소들을 동원해 끌고 온 화포를 설치하며 공격을 준비 중이던 적진에 비격진천뢰 수십 발이 곡사로 날아들었고, 잠시 후 비격진천뢰의 폭발로 인해 화포를 다루던 인원들의 절반 이상이 무력화된 것을 망원경으로 확인할 수 있었다.

졸지에 화포를 끌고 온 소 떼도 같이 몰살당했다. 병사들의 식사 거리가 되겠군.

지난번에 황제를 구출하며 거둔 소가 너무 많아 처치가 곤란한 지경이라 절반 이상을 치중대를 따라 본국으로 보낸 적이 있을 정도였으니, 차라리 소 떼를 몰살시킨 것은 잘된 일이다.

"계속 쏘아라. 이적들이 아군에게 화포를 쏘게 두면 안 된다."

그러자 총통위장 김경손이 내 말에 답했다.

"명을 받들겠습니다."

그렇게 아군의 지휘관들이 망원경으로 적진을 관찰하며 적화포 부대를 비격진천뢰로 집중 공격했고, 적의 화포가 전부 무력화되자 소형 화포를 들고 아군에게 발사하는 적병에게 공격을 쏟아붓기 시작했다.

하, 이번 전쟁에서 화약은 원 없이 써보겠군. 아무래도 여태껏 치렀던 전쟁보다 몇 배는 더 써보겠는걸?

그런데도 화약 걱정은 되지 않는다. 본국에서 가져온 화약이 오만 근이 넘는 데다가 명나라에서 거둔 화약의 총량은 그 배가 넘는다.

또한 이번 전쟁에서 승리하면 얻을 수 있는 이득은 차마 계산조차 제대로 할 수 없는데 화약을 아껴서 뭐 하겠어.

그렇게 한참 동안 전장에 펼쳐지는 광경을 보니, 친정에 나서길 정말 잘했다는 생각이 든다. 혹시 나중에 화력 시범만으론 만족할 수 없는 몸이 돼버리려나? 그건 그것대로 큰일이긴 하겠네.

그건 그렇고 명나라에서 거둔 무기 중에선 조선의 자원 사정으로는 전혀 만들 수 없었던 화기가 있어서, 내 지시하에 급하게 개조한 무기도 있었다.

지금은 쓸 만한 사정이 아니라 아껴두고 있긴 하지만, 본격적인 공성전이 벌어지게 되면 진정한 불놀이가 뭔지 보여줄 것이다.

＊　　　　＊　　　　＊

"조선군이 성을 공격 중이라고?"

자금성을 점령해 황제의 궁녀들을 끼고 놀다 술에 취해 자고 있었던 에센은 알락의 긴급한 보고를 듣고 잠에서 깨며 인상을 찌푸렸다.

"예, 그렇습니다, 타이시."

"네가 일전에 보고하길, 조선군은 우리가 조선을 공격할까 봐, 방위선을 지키는 데만 전념하고 있다고 하지 않았더냐."

"예, 그랬습니다. 제가 파악한 바론, 조선에서 온 군대는 요동 쪽으로 이어진 방어선 일대를 지키며 적극적인 전투 의사를 보인 적이 없었습니다. 또한 근처의 성이나 요새가 함락되고 후룬이 요동을 공격하는 와중에도 구원하지 않고 포진을 옮기며 수비에 전념한 것을 확인했기에 그리 생각했었습니다."

"그런데 지금은 네 알량한 추측이 빗나갔다."

"죄송합니다. 벌을 내리시면 기꺼이 받겠습니다."

"아니, 저놈들을 몰아내는 게 우선이지. 상황부터 보고해라."

"바얀이 신속하게 대처해서, 덕승문 방면에서 무너진 성벽을 사수하며 전투 중이라 합니다."

"그런가. 역시 그때 살려두길 잘했군."

시종들의 도움으로 갑옷을 차려입던 에센은 금세 무언가 생각난 듯, 혼잣말을 내뱉었다.

"조선 놈들이 노리는 바가 뭔지 알 것 같다."

그러자 조용히 고개를 숙이고 있던 알락이 에센에게 물었다.

"어떤 노림수인지 파악하셨습니까?"

"저놈들은 우리와 명이 서로 물어뜯기만을 기다린 거다. 상황을 지켜보다가 최후의 승자가 되려고 움직였군."

"제게 실책을 만회할 기회를 주신다면, 반드시 적장의 목을 거두어 보답하겠습니다."

"아니, 넌 빠져라. 내가 직접 할 것이다. 보아하니 조선의 왕이 이 기회를 틈타 중원의 주인이 되려고 한 듯한데, 진정한 지배자가 누군지 저들에게 보여주겠다."

"알겠습니다, 타이시."

"타이시가 아니다."

"예?"

"칸이다."

알락은 그의 선언을 듣곤 잠시 침묵했으나, 곧장 고개를 숙이며 답했다.

"예, 칸이시여."

첫날의 공방전이 우리의 승리로 끝났고, 난 공성전을 준비하며 혹시 모를 야습에 대비했지만 첫날은 별다른 반격이 없었다.

그러던 와중에 성삼문이 내게 의외의 소식을 들고 왔다.

"전하, 압구가 성안에서 보낸 서신을 확인했습니다."

뭐? 한명회가 아직도 북경 안에 있었어?

"무슨 소식인가? 그보다 어째서 그는 몸을 피하지 않은 거지? 그 와중에 서신은 어찌 보냈는가?"

"공성전이 벌어지기도 전에 우겸에 의해 성문을 전부 봉쇄당해 나갈 수 없었다고 하옵니다. 또한 압구가 화살에 묶어 보낸 서신의 내용엔 중요한 것이 적혀 있었사옵니다."

"직접 읽어보겠네."

그렇게 성삼문이 건넨 편지를 읽어보니 한명회가 겪었던 그간의 사정이 정음으로 적혀 있었는데, 석형과 그 패거리를 감옥에서 구출해 함께 있다고 한다. 또한 그간 북경에 머물면서 많은 인원을 포섭해서 부리고 있으니, 적당한 기회를 보아 아군에 호응해서 성문을 열겠다고 적혀 있었다.

허, 이놈은 시키지도 않은 일을……. 한명회를 거두길 정말 잘했네. 전혀 생각지도 못한 도움을 받게 되었어.

돌아가면 적당한 상도 내리고 그의 능력에 걸맞은 자리도 하나 만들어줘야겠군. 요즘 신숙주가 곁에 없으니 성삼문이 한명회와 친하게 지내는 듯한데, 역사를 아는 내겐 어처구니가 없긴 하다.

이제 한명회가 판을 깔아주었으니, 나 역시 이 상황에서 써먹을 만한 노림수가 하나 생각났다.

"그와 연락할 만한 방법이 있겠는가?"

"전하께서도 보셨듯이 편지가 발각될 상황에 대비해 거처를 적지 않았습니다. 운 좋게 성안에 척후가 잠입한다 한들, 그를 찾기 힘들 것입니다."

"알겠다."

분명 한명회라면 내가 일을 시작하면 눈치채고 내게 맞춰 호응할 것이다. 그건 그렇고 내가 한명회를 믿고 일을 진행하는 것도 좀 웃기긴 하군.

난 그렇게 다음 날 공격을 시작하기 전에 진중에서 안전하게 보호 중이던 황제 주기진을 찾아갔다.

"황상, 오늘이야말로 천자의 위엄을 보이실 때입니다."

"음, 그게 무슨 말인가? 짐이 여기서 할 만한 일이 있기라도 한 건가?"

"예, 우선은 신이 준비한 갑옷을 입어주시지요."

"그대가 입고 있는 그 철갑과 비슷한 것인가?"

내 말을 들은 주기진은 그간 내심 내가 입은 판금 갑옷을 탐내고 있었는지, 얼굴에 화색을 띠었다.

"예, 그렇습니다. 신이 황상을 위해 준비한 어갑입니다."

"고맙네."

난 예전에 장영실이 아버지를 위해 만들었던 갑옷을 혹시 쓸데가 있을까 해서 챙겨왔었는데, 어쩜 이렇게 치수가 딱 맞냐.

저건 아버지가 운동하시기 전 한참 비만할 당시에 치수에 맞춰 제작한 갑옷이었고, 아버지가 건강해지시고 살이 빠져 치수가 안 맞게 되자 장식용으로 버려져 있던 애물단지였다.

"왕 태감, 고를 도와주게."

"예, 전하. 소관에게 맡겨주시옵소서."

그렇게 나와 왕진의 도움으로 어갑을 차려입은 주기진의 모습은 나름 봐줄 만하게 변했고, 윤기 나는 고딕풍 갑옷의 겉면은 마치 후광처럼 빛을 반사하고 있었다.

"오오, 이거 생각한 것보다 몸을 움직이기 편하구나. 정말 마음에 들어. 그런데 짐의 치수는 어찌 알았는가?"

"황상을 알현한 사신들이 눈짐작으로 알려주었기에, 아국 최고의 장인들이 심혈을 기울여 만든 최고의 걸작입니다."

그러자 왕진이 나를 거들었다.

"전하가 얼마나 황상을 생각하는지, 신이 전에도 말씀드리지 않았사옵니까."

주기진은 천연덕스럽게 거짓말을 하는 내게 새삼 감격했는지, 내 손을 잡으며 말했다.

"그대의 충심과 마음 씀씀이는 언제나 짐의 예상을 넘는구나. 그건 그렇고 이걸 입힌 건 짐이 군을 지휘해 주길 바라는 것인가······?"

주기진은 이미 처참한 패전을 겪어서 그런지, 내게 질문을 하면서도 눈동자가 불안하게 떨리고 있었다. 그리고 보니 어제의 전투 당시엔 무서웠는지 가마 안에서 아예 나오지도 않았다고 들었다.

"그렇게 해주시면 병사들 역시 삼생에 길이 남을 영광이겠지만, 어찌 황상께 그런 수고를 끼칠 수 있겠사옵니까? 황상은 그저 모습을 드러내시어 위엄을 보이시기만 하면 되옵니다. 그것만으로도 병사들의 사기가 올라 이적들을 경사에서 몰아낼 수 있을 것입니다."

내 말을 들은 주기진은 내심 안심한 듯 편안한 표정으로 답했다.

"하하하! 짐의 위엄만으로 이적을 몰아낼 수 있다는 건가?"

"그렇습니다. 아군과 이적 모두에게 황상의 위엄을 보여주시면 되옵니다."

그래, 이놈이 병신 같긴 하나 황제의 이름값은 써먹을 데가 많지. 게다가 북경성 안엔 잠재적인 전투원들이 많이 남아 있다.

이젠 허수아비를 내세워 내 특기인 선동과 날조를 실전에서 보여줄 차례다.

제5장
종막

　난 북경성을 공격하며 진짜 황제 정통제가 조선군과 함께하고 있음을 내세워 선전에 나섰고, 문관들을 총동원해 선전용 문구가 적힌 편지를 쓰게 해 틈나는 대로 화살에 편지를 묶어 성안으로 쏘아 보내기 시작했다.

　척후병들이 매일 성벽 주변을 돌며 편지가 묶인 화살을 닥치는 대로 성 안쪽으로 쏘아 보내니, 군을 동원해 수거하는 것도 분명 한계가 있을 거다.

　그 와중에 적군은 덕승문과 무너진 성벽을 지키려 주변의 민가에서 가져온 듯한 기둥과 목재로 거대한 방책을 쌓고 있었고, 동시에 성벽 위에서 화포를 쏘며 아군의 화포 부대를 견제하기 시작했다.

사실 병력을 투입해 적들을 지치게 하면서 소모전으로 나가는 게 공성전의 정석이긴 하나, 그 와중에 희생될 병사들을 생각하니 그럴 수 없었다.

서전에서 승리하긴 했어도 아직 적군의 수가 우리보다 배 이상 많은 듯하니, 다른 방법으로 나가야겠다.

난 덕승문 일대의 얕은 개천 인근을 일차 저지선으로 정하고 흙을 담은 포대를 쌓아 적의 포격에 대비하게 했다. 이후 성벽을 목표로 포를 쏘라고 지시하며 본격적인 포격전에 나섰다.

그렇게 일주일가량 전황이 포격전으로 흘러가고 있을 때 거용관으로 향했던 남빈의 별동대가 그곳을 점령했다는 희소식이 들어왔다.

이젠 오이라트의 보급선이 차단된 거나 마찬가지인데, 저놈들이 얼마나 더 버틸 수 있을까?

그사이 우리 바지사장님 주기진은 진중을 돌며 아군들을 격려했고, 호위대를 동원해 말을 타고 북경성 인근을 한 바퀴씩 돌면서 확성기로 소리를 지르며, 성안의 백성들에게 자신의 건재함을 알리기 위해 노력했다.

그렇게 시간을 일주일가량 더 보내자, 저놈들도 조바심이

났는지 기병 2만 정도를 동원해 야간에 기습을 걸어왔다.

그러나 선봉대가 아군 진지 주변에 파둔 함정에 걸려 발이 멈춘 사이 화포와 화승총 공격을 받아 4천 정도의 병력을 잃고 다시 성안으로 돌아가야만 했다.

그 와중에 살아남은 말들을 거두어 세어 보니 천 마리가량이 멀쩡해 지난 서전에서 거둔 말 이천여 마리와 함께 우리 기병대의 훌륭한 예비 마가 되어주었다.

사로잡은 포로를 심문해 보니, 이번 공격은 에센이 직접 주도하여 벌인 공격이었다고 한다. 그런데 실패했으니 그놈도 권위가 많이 상했겠네.

그 후 다시 전장의 상황은 소강상태가 되었고, 화포 공격이 오가며 대치 상태로 일주일가량 더 시간을 보내고 있을 때, 성 안쪽에서 보낸 한명회의 서신이 도착했다.

"압구가 서신에 적어 보내길, 이튿날 동이 틀 무렵에 동쪽의 성문인 조양문을 점거하고 성문을 열겠다고 하옵니다."

한명회가 내 수를 읽고 행동에 나섰군.

성삼문의 보고를 들은 난 잠시 경우의 수를 따져보곤, 우려의 의사를 표했다.

"거길 통과하려면 성문 앞에 좁은 다리를 지나쳐야 할 텐데, 진입 도중 발각되면 위험할 수 있다."

"아니옵니다. 척후의 보고론 개천이 얼어붙어 다리를 이용하지 않아도 이동에 지장이 없다고 하옵니다."

"그런가? 그럼 도원수에게 전해 야간공격을 지시하라 이르고, 첨사 최광손에게 별동대를 지휘해 성문을 돌파하라고 이르게."

"주상 전하의 명을 받들겠사옵니다."

이 공성전마저 마무리되면, 내 계획이 본격적으로 시작될 때구나.

*   *   *

공성전이 시작된 후 성 안쪽에선 조선군이 황제를 데려와 성을 공격 중이란 소식이 어느새 입소문을 타고 번졌고, 자신이 황제라고 주장하는 이의 목소리를 들었다고 하는 이들도 많았다.

일부는 헛소문이라고 치부했으며, 오이라트군은 성벽에 접근하지 못하도록 철저히 명나라인들을 단속했다.

하지만 한명회는 그 기회를 잡아 석형을 내세워 전직 고관들이나 저명한 유학자들과 북경의 거물들을 포섭하기 시작했다.

거기에 시가전 중에 패전하고 도망쳐 목숨을 건진 병사들도 은밀히 규합해 그들에게 공을 세우면 이전의 과는 전부 잊힐 거라고도 설득했다.

그렇게 준비를 마친 한명회는 다시금 성 밖으로 편지를 보냈고, 그에 호응하듯 조선군의 야간공격이 시작되었다.

한명회는 자신의 편지가 전달되었음을 확신하며 약속한 시각이 되자 동이 트기 전 패를 둘로 나누었고, 석형이 이끄는 별동대가 포로를 모아둔 장소를 급습하게 했다.

또한 자신도 주먹 패와 합류한 병사들을 다수 동원해 동쪽의 성문인 조양문을 열기 위해 이동했다.

"장 노사, 제가 저들 앞에 나서서 시간을 끌 테니 그 틈을 타서 전부 제압해 주시지요."

"알겠네."

한명회의 지시를 받고 몽골인으로 분장한 주먹 패와 병사들은 각자 비수를 손에 숨기고 대기했다.

"여기 책임자가 누구냐?"

한명회가 나서서 시찰 나온 듯한 고관의 모습을 연기하자 하급 지휘관 하나가 나서서 그를 맞이했고 주먹 패들 역시 병사들을 습격하려 만반의 준비를 하고 있을 때, 누군가가 나타났다.

"이봐, 네놈은 대체 누구냐?"

언뜻 보기에도 화려한 색의 철피갑으로 전신을 감싼 고위 장수가 친위대 십여 명을 이끌고 나타나 한명회의 신분을 물은 것이다.

"그러는 네놈은 누군데 내게 함부로 말을 거느냐?"

"뭐?"

"네놈의 신분을 먼저 밝혀라!"

"하, 설마 내 얼굴도 모르는 놈이 지휘관이라고? 내가 마오하나이다."

한명회는 그 이름을 어디선가 들어본 듯해 잠시 기억을 더듬어봤고, 금세 기억해 냈다.

일전에 고관의 집을 약탈하던 어느 백인장이 자신의 상관이라고 했던 고위급 장수의 이름이었던 것이다.

'이런, 망할. 하필 이럴 때 여기서 마주칠 건 또 뭐야?'

하지만 한명회는 당황한 기색을 비치지 않고, 웃으면서 그에게 접근했다.

"아! 장군이 바로 고명하신 그분이셨군요. 몰라뵈어서 죄송합니다."

"시끄럽고, 네놈의 정체부터 밝혀라."

"예, 제 이름은 바로……."

한명회는 자신을 따라온 주먹 패들에게 손짓으로 신호를 보냈고, 동시에 온 힘을 다해 적장 마오하나이를 넘어뜨리려 달려들었다.

"뭣……!"

평소 왕에게 강제로나마 하체를 단련받았던 탓인지, 한명회는 긴급한 상황에서 자신보다 배는 무거워 보이는 상대를 간신히 넘어뜨릴 수 있었다.

한명회는 곧장 상대 위에 올라타 비수를 꺼냈고, 얼굴 부근의 갑옷 틈을 노려 찌르려 했지만, 팔의 근력이 받쳐주지 않아 상대의 손에 가로막혀 대치 상태가 되었다.

한명회의 공격과 동시에 적장의 친위병과 성문을 지키던 병사들은 오이라트 병사로 위장한 주먹 패들의 습격을 받아 혼란에 빠졌고, 한명회와 마오하나이는 필사적인 사투를 이어갔다.

"크윽!"

"크흡."

긴급한 상황에서 칼날을 맨손으로 잡아낸 마오하나이가 짧은 비명을 내질렀고, 한명회 역시 짧은 호흡을 내쉬며 온 체중을 칼에 실어 상대를 죽이기 위해 애를 썼다.

"허으윽……."

한명회는 어릴 적부터 자신만만하게 사람들을 포섭하고 부리며 자신이 목적한 바를 이뤄왔고, 그의 첫 목표이자 발판은 폐서인 되었던 대역죄인 진양(수양)대군을 혼내주는 것이었다.

그 과정에서 한양을 주름잡는 주먹 패의 두령이 되었던 그는 언제나 언변과 지략을 이용해 경쟁자를 처리했고, 관직에 올라서도 여전히 본인이 나서기보단 다른 사람들을 이용했으며, 이곳에서도 타인들을 포섭해 목적한 바를 이루고 있던 참이었다.

그러나 지금은 아무도 그를 돕지 못했다. 한명회는 자신도 모르게 조선말로 상대에게 애원하듯 말했다.

"제발… 죽어줘……."

"크아악!"

어느새 칼날이 상대의 목으로 파고들기 시작했고, 그 와중에 생사를 다투던 적과 눈을 마주친 한명회는 뭐라 표현할 수 없는 섬뜩한 감정을 느꼈다.

"너……."

적의 숨결이 한명회의 목 근처를 간지럽혔고, 심장이 빠르게 뛰고 몸에 열이 올라 다른 건 아무것도 생각할 수 없었다.

그렇게 한명회는 적을 죽여야 한다는 일념 아래서 필사적으로 칼날에 온 체중을 실어 공격을 재개했고, 결국 상대도 힘이 전부 빠졌는지 서서히 칼날이 목의 살결을 뚫어내는 것을 느낄 수 있었다.

"끄르… 르륵……."

적의 눈에서 동공이 풀려 빛이 서서히 사라지는 광경을 본 한명회는 마저 힘을 주어 적의 호흡이 멎을 때까지 칼날을 밀어 넣었고, 결국 사투의 승리자는 한명회가 되었다.

"허억… 허억……."

다른 적의 공격에 대비할 엄두도 못 내고, 탈진하다시피 한 한명회는 그대로 시체 옆에 누워 숨을 들이켰다. 그때 그 모습을 지켜보던 주먹 패들의 두목 격인 장 노사가 한명회에게 다가와 말했다.

"한 선생, 다시 봤소이다."

"허억… 예……?"

"그저 말만 잘하는 문사인 줄로만 알았더니, 아니었군."

"그렇습니까. 장 노사께서 이리 말씀하시는 걸 보니 달자들은 전부 처리하신 거겠지요?"

"그렇네. 내 형제들이 사십 명가량 죽고 아군 병사들도 많이 다치긴 했지만, 성문은 이미 제압한 거나 마찬가지일세."

"그렇습니까. 그럼 이제 성문을 열어야겠습니다."

"그런데… 정말 이길 수 있긴 한 건가?"

"예. 혹여 불안하시면 여기서 빠지셔도 됩니다. 약속한 재화는 나중에 반드시 보내 드리지요."

말을 마친 한명회는 가쁜 호흡을 정리하곤 웃으면서 장노사를 바라보았다.

"흠, 한 선생의 표정을 보니 내가 이미 내릴 수 없는 배를 탄 듯하군. 끝까지 가겠네."

"잘 생각하셨습니다."

한명회는 어느새 엉망이 된 복장을 정리하곤, 변장을 위해 밀었던 윗머리를 한 번 쓰다듬곤 시체가 된 마오하나이를 향해 말했다.

"그러고 보니 소개가 늦었구려. 내 이름은 한명회요."

그렇게 조양문이 열렸고, 성문을 통해 최광손의 기병대와 팽배수들이 북경 안에 들어서기 시작했다.

*　　　　*　　　　*

"칸이시여! 조선군이 동쪽 성문 안에 진입했고 동쪽 지구에 반란이 일어났습니다."

덕승문의 성루에서 공성전을 지휘하던 에센은 급작스러운 알락의 보고를 듣곤 무표정하게 말했다.

"그래서 전황은 어찌 되고 있느냐."

"그것이… 명의 백성들까지 적군과 반란군에 호응하기 시작해 그쪽에 배치된 병력만으론 걷잡을 수가 없다고 합니다."

"서문 방향에 배치된 군은 어찌 되었느냐."

"그쪽은 아직 잠잠합니다."

"그러면 서문에서 철수하고 근방의 민가를 전부 태워라."

"칸께선 어찌하시겠습니까?"

"내성으로 물러나 병력을 재정비할 것이다. 알락, 나 대신 성벽을 지켜라."

"알겠습니다."

그렇게 자금성으로 돌아간 에센은 그간 북경에서 모아둔 재화와 전리품을 모두 챙기도록 지시했고, 북경에서 언제든 빠져나갈 수 있게 철수 준비를 시작했다.

그사이 알락은 무너진 성벽에 접근하려는 조선군을 향해 필사적으로 항전을 계속했다.

"화포 공격을 멈추지 마라! 적들이 접근하게 두면……."

하지만 알락과 병사들의 분투가 무색하게 성벽이 붕괴하기 시작했다. 무너진 성벽을 보수할 토목 지식이 없어 목제 지지대를 이용해 적당히 보수해 두었던 성벽이 그동안 행해진 조선군의 포격을 버티지 못하고 추가적인 붕괴에 들어선 것이었다.

갑작스러운 붕괴는 결국 성루 인근까지 미쳤고 성벽 위에 있던 화포와 병력마저 붕괴에 휘말려 돌 더미 속에 매몰되었다.

"살아남은 인원들은 옹성으로 이동해라!"

그렇게 알락이 성벽 위의 병력 수습에 바쁘게 움직이고 있을 때, 성벽의 붕괴는 덕승문 인근의 서직문 근처까지 이어졌고, 붕괴가 멈추자 조선군이 들이닥치기 시작했다.

오이라트의 병력은 성벽 인근의 불타 버린 민가들을 정리하고 화포 공격에 대비해 튼튼한 방책을 세우고 있었기에 언뜻 보기엔 단시간 안에 뚫기가 어려울 듯 보였다.

그러나 수레 같은 것들이 조선군 중갑 보병 팽배수의 보호를 받으며 들어왔고, 오이라트군은 철갑 때문에 통하지 않는 것을 알면서도 어쩔 수 없이 화살을 날리기 시작했다.

정체를 알 수 없는 수레는 화살을 무시하고 서서히 접근하기 시작했고, 오이라트의 화기 부대는 이에 맞서 조선군의 총통위를 흉내 내 창병들에게 보호받으면서 손 대포를 발사하기 시작했다.

화기 공격은 약간 효과가 있는지 두 차례의 일제사격이 이어지자 일부 수레들이 이동을 멈췄고, 이동을 멈춘 수레엔 방패를 든 병사들이 모여 방진을 형성하기 시작했다.

하지만 모든 수레의 전진을 막을 순 없었고 결국 수레 십여 대가 오이라트군에 접근하는 데 성공했다.

오이라트 창병들이 창으로 접근한 조선군을 공격했고, 그사이 손 대포를 재장전하며 재차 공격하려던 오이라트의 화기병들은 수레의 진짜 용도가 무엇인지 알게 되었다.

수레 위쪽엔 기다란 원통형의 봉이 달려 있었고, 봉 앞쪽엔 봉과 간격을 두고 떨어진 화섭자에 작은 불덩이가 맺혀 있었다. 수레를 조작하던 병사가 일련의 동작을 취하며 봉 뒤에 달린 손잡이를 밀어 넣자 작은 불덩이는 거대한 화염으로 변해 그들을 덮쳤다.

전혀 생각지 못한 공격을 받은 오이라트군은 방책과 함께 병사들이 불타기 시작했고, 꺼지지 않는 불 앞에선 갑옷도 소용없었다.

"끄아아악! 살려줘!"

온몸에 불이 붙은 병사들은 땅바닥을 뒹굴며 불을 끄려 했고, 전열은 붕괴하기 시작했다. 그사이 조선군의 총통위가 진입했고 무너진 성벽 인근을 점령하기 시작했다.

그와 동시에 총통위 소속 착호갑사들이 움직이기 시작했다. 천보총수 지휘관인 장기동이 서직문의 성루를 확보하면서 천보총수들이 후방에 있는 적의 지휘관들을 저격하기 시작했으며, 적이 사기를 잃고 패퇴하기 시작하자 그 뒤를 이어 조선군의 기마대가 진입하기 시작했다.

그들의 선두엔 그중에서 가장 화려한 갑옷을 입은 이가 자리하고 있었다.

*   *   *

난 신하들의 반대에도 불구하고 손수 기병대를 이끌고 북경성 안으로 진입했고, 패주 중인 적군을 상대로 전투를 시작했다.

내금위장이나 겸사복장은 지난 전투에서처럼 내가 난전에 휘말려 들지 않게 하려 하는지, 필사적으로 나보다 먼저 적들에게 달려들기 시작했다.

그래서인지 난 처음 돌격하며 창을 먹인 놈 말곤 제대론 된 공격 한 번 못 하고 있어서 욕구불만이 될 수밖에 없었다.

또한 사기를 잃고 등을 돌리고 도망치는 적을 상대로 제대로 된 싸움이 될 리가 없었다.

그렇게 아군이 덕승문 성벽 근방을 확보하고 나자, 팽배수 부대가 덕승문 성루에 남아 있는 적군 공략에 나섰다.

그리고 내가 이끄는 군이 안쪽으로 이동하게 되자, 최광손이 진입한 동쪽에서 전투가 벌어지고 있음을 망원경으로 확인하게 되었다.

그럼 난 남쪽 지구로 가볼까. 이번엔 부디 싸울 만한 상대가 있었으면 좋겠는데.

그렇게 서쪽 지구를 거쳐 남쪽으로 가려는데, 서쪽 지구에서 의외의 상황과 맞닥뜨리게 되었다.

내 눈앞에서 오이라트군이 민간인들을 학살하고 있었다. 학살 행위에 열중한 탓인지, 아군의 기병이 접근 중인 와중에도 보지 못한 듯 여전히 사람들을 무참하게 살해하고 있다.

주변을 자세히 살펴보니 근처의 거리 곳곳엔 시체들이 즐비했고, 노인부터 어린아이까지 가리지 않고 닥치는 대로 집에서 끌고 나와 죽인 데다 이후 불을 지르려는 듯 시체를 모아 쌓아놓는 광경을 맞닥뜨린 나는 참을 수가 없었다.

내 개인적으론 명나라를 싫어하지만, 죄도 없는 민간인들이 이렇게 무참히 학살당하는 건 별개의 문제다. 보편적인 감성을 지닌 이라면 이 지옥과도 같은 광경을 보고 나처럼 분노하겠지.

"이 금수만도 못한 새끼들!"

별안간 터져 나온 내 험한 욕설에 내금위장을 비롯한 병사들이 움찔했지만, 그들 역시 나처럼 분노했는지 내 명령을 기다리는 듯 보였다.

"저 이적 놈들을 전부 죽여라. 단 한 놈도 살려두지 말아라."

학살에 열중하던 오이라트군은 뒤늦게 우리를 인지하고 반격하려 했지만 진형을 갖출 상황도 아니었고, 거기에 장비나 개별 전투력은 내 병사들과 차마 비교할 수조차 없지.

그렇게 민간인을 학살하던 오이라트의 군대는 그들이 한 것처럼 아군에 의해 무참하게 죽어나가기 시작했고, 나 역시 말을 타고 도망치는 놈들을 쫓아 랜스로 몸통을 꿰뚫고, 곧장 검을 뽑아 몸에서 목을 분리해 주었다.

그렇게 30분가량 학살자들을 섬멸하다 보니, 살아남은 놈들이 모여 남쪽 지구로 향하는 것을 발견했다. 난 병사들을 재정비하며 온전한 랜스를 회수하고 난 후, 그들을 마저 추격하려 했다.

한데 그 와중에 목숨을 건진 이들 수백이 모여 나와 내 병사들에게 고개를 숙이며 감사를 표했다. 그걸 본 난 그들에게 명나라 말로 소리쳤다.

"전쟁은 곧 끝날 것이다! 모두 덕승문 방향으로 이동해라. 그 근방의 성문은 아군이 장악하고 있으니 모두 전투가 끝날 때까지 성 밖으로 피신하라."

그러자 웬 중년인 하나가 내게 포권 하며 공손히 말했다.

"장군, 저희의 목숨을 구해주셔서 감사합니다. 하오나 저희가 전투가 벌어졌던 곳에 접근하면 위험할 듯합니다만……."

"고의 병사들이 그대를 제지하면 내 이름을 대게."

내가 고(孤)라고 나 자신을 지칭한 말을 들은 상대는, 그 뜻이 무엇인지 알아챘는지 경악한 표정을 지었다.

"설마……."

난 면갑을 개방하고 얼굴을 보이며 말했다.

"그래, 여(余)가 조선의 왕이다."

"미처 몰라뵈서 송구하옵니다. 죽여주시옵소서!"

그나저나 말투도 그렇고, 온통 더러워진 와중에도 몸짓에 기품이 배어 있는 게 평범한 남자는 아니군. 유학자나 관리인가?

"모르고 한 행동인데, 어찌 벌을 내리겠는가. 어서 몸을 피하라."

그렇게 상대가 안절부절못하면서 어찌할 줄 모르고 있을 때, 난 겸사복장 김수연(金壽延)을 불러 지시를 내렸다.

"겸사복장, 겸사복 무관들을 데리고 별동대를 조직해 저들처럼 위험에 처한 백성들을 피신시키라."

"주상 전하의 분부는 극히 지당하오나, 전하의 안위를 지켜야 하는 신이 어찌 곁을 떠날 수 있겠사옵니까? 부디 명을 거두어주소서."

김수연은 지난 전투에서 교훈을 얻은 탓인지 내금위장 박강 쪽을 힐끔 바라보며 부정적인 의사를 표했다.

"겸사복장의 말이 맞사옵니다. 어찌 신들이 전하의 곁을 비울 수 있겠사옵니까."

"그럼 무고한 이들이 이대로 죽게 내버려 두란 말이냐?"

"그것이 아니옵고……."

내가 말없이 그들을 바라보자, 결국 김수연은 작게 한숨을 쉬곤 대답했다.

"소신이 삼가 주상 전하의 명을 받들겠사옵니다."

왠지 조금 미안하긴 한데? 원 역사에서 수양에게 굴복한 박강과는 다르게 그는 내 아들이 죽고 나서 그대로 부인과 함께 식사를 거부하곤 자살한 충신 중의 충신이거든.

그런 이유로 차기 내금위장으로 점찍어놓은 김수연이지만, 지금은 상황이 급해서 어쩔 수 없다.

그렇게 겹사복 무관들을 이끌고 피난 임무를 맡은 김수연이 떠나자, 내금위장 박강이 다짐하듯 내게 말했다.

"소신은 그 어떤 일이 있어도 주상 전하의 곁을 지키겠사옵니다."

그래, 넌 나랑 같이 고생 좀 해야지.

그렇게 우린 이동하면서 경로에 있던 백성들을 후방으로 피신시켰고, 그들의 감사를 받았다.

그러다 자금성의 남쪽에 도착했는데, 자금성의 남문인 천안문(天安門)… 아니지, 지금은 승천문(承天門)이구나.

승천문 바깥엔 수십 마리의 소가 끄는 거대한 이동식 게르(천막)가 선두에 있었고, 거기에 차마 눈으로 셀 수 없는 수레들이 일꾼들과 함께 이동을 준비하고 있었다.

그리고 다수의 병사가 승천문에서 줄을 서서 나오는 것과 그들이 탈 말들이 모여 있는 것을 발견할 수 있었다.

저거 아무래도 에센이 자금성 버리고 도망가려는 거 같은데? 네가 살아서 도망가는 건 나도 바라는 일이지만, 전리품은 두고 가줘야겠어. 그건 이제 내 것… 아니, 조선의 것이다.

난 적들이 문에서 나오면서 아직 제대로 된 진형을 갖추지 못한 지금이야말로 최적의 돌격 순간임을 직감하며 외쳤다.

"이적의 추장이 저 앞에 있다. 전군, 돌격하라!"

난 명령을 내림과 동시에 말의 속도를 올려 적들에게 달려들었고, 병사들은 급작스러운 내 명령에 반응해 급하게 속도를 올리며 나를 따라 달렸다.

내 뒤에서 내금위장이 뭐라고 소리치고 있지만, 주변의 소음에 묻혀 잘 들리지 않는다.

그렇게 내가 들고 있던 랜스가 적병의 가슴에 틀어박혔고, 곧바로 창을 손에서 놓은 다음 검을 뽑아 뒤편에 있는 병사를 들이받으며 다른 놈을 베었지만 위화감이 느껴졌다.

일전에 상대했던 적들을 벨 때와는 손의 느낌이 다르다.

저들은 에센의 정예병들인지 입고 있는 갑옷이 유독 단단하다. 두정갑의 일종인 것 같은데 검으로는 상대하기 힘들겠군.

그래도 일단은 적진을 혼란시키는 게 우선이다. 난 적병의 무리를 돌파한 채 곧장 방향을 선회해 적들이 모아둔 전마 쪽으로 돌진했다.

오, 별의별 품종의 말들이 보이는군. 어쩌면 저기 한혈마가 있을지 모르겠어. 그렇다 해도 일단은 적의 기동성부터 없애는 게 중요하지.

그렇게 나와 내 병사들이 말들에게 달려들자, 위협을 받은 말들이 사방으로 도망치기 시작했고, 이동식 게르 안에 있던 인물도 밖으로 나와 소리를 지르며 병사들을 지휘하기 시작했다.

아무래도 저놈이 에센인가 보다. 칭기즈칸을 꿈꿨으나 혈통의 한계에 막혀 좌절한 남자.

그래, 너도 전쟁이 끝나면 내가 진짜 칸으로 만들어주마. 그 대가는 아주 비싸겠지만.

난 일부러 에센을 무시하고 우회하며 다시 돌진해 병사들을 짓밟았고, 그 후로도 돌격을 계속했다.

연이은 기마 돌격으로 우리가 타고 온 말이 전부 지쳐 탈진할 지경에 이르자, 난 주저 없이 말에서 내렸다.

그래, 이제부턴 전부 패 죽여주마.

*　　　　*　　　　*

남은 병력을 자금성 남쪽으로 집결시켜 철수 준비를 하던 에센은 급작스러운 조선군의 습격에 당황할 수밖에 없었다.

자신이 손수 공성전을 지휘하고 있을 당시 전황을 떠올려 보면, 최소한 며칠은 더 버틸 수 있을 거라 생각했다.

또한 동쪽에서 일어난 반란과 적군의 공격도 측근과 병사들을 보내서 대처했고, 양측이 대치 상태에 접어들었다는 보고를 받았기에 자신은 그사이에 남쪽 성문을 통해 안전하게 빠져나가려 하고 있었다.

그러나 지금의 상황을 보니 성벽은 곧바로 돌파당했고, 지시했던 서쪽 지구의 방화는 실패해 적들이 바로 이곳까지 들이닥쳤음을 알 수 있었다.

에센은 급하게 군대를 수습하고 진형을 갖추려 했지만, 어느새 조선군의 돌격으로 인해 아군의 말들은 전부 흩어져 버렸고, 말을 잃은 기병들은 적군의 말에 채여 쓰러지고 있었다.

결국 간신히 수습한 자신의 친위대 삼천여 명을 제외하곤 나머지 병력은 승천문 안에 갇혀 나오지 못하게 되었다.

승천문은 황궁의 출입구답게, 작은 통로 여러 개로 나뉘어져 있었는데, 말에서 내린 조선군들이 각 통로 앞에 반원 진을 치고 문밖으로 나오려는 병력을 공격해 안으로 밀어내고 있었다.

에센이 어쩔 수 없이 수습한 친위대를 동원해 적들을 문 앞에서 밀어내려 전진시켰을 때 이변이 일어났다.

조선군의 후열에 있던 천여 명가량의 병사들이 친위대와 교전을 시작했는데, 그중 선두에 선 자가 양손에 철퇴와 짧은 몽둥이를 하나씩 들고 친위대 병사들을 무참히 때려죽이기 시작한 것이다.

머리와 팔다리를 제외하고 휘장과 털외투 같은 것으로 갑옷 몸통을 가리고 있는 다른 조선군들과는 다르게, 유독 전신이 빛나는 철 갑옷을 입은 적의 장수는 다수가 싸우는 난전 중에서도 에센의 눈에 띌 수밖에 없었다.

에센이 심혈을 들여 키운 친위대 병사들은 그의 공격을 방어조차 제대로 못 하고 허무하게 무력화되었고, 그 뒤를 따르는 인원들이 필사적으로 달려들며 선두에 선 장수를 보호하려고 하고 있었다.

"허, 저런 투사가 조선에 있었나."

에센은 화가 나는 와중에도 자신도 모르게 적의 무용에 감탄했다.

또한 군주로서 그가 탐이 났지만, 금세 자신의 처지를 자각하곤 측근들과 함께 살아남은 인원을 추가로 수습하며 퇴로를 확보할 것을 명했다.

그러자, 에센의 측근인 알탄이 물었다.

"칸이시여, 여기 전리품들은 어찌하실 것입니까?"

"아깝긴 해도, 목숨보다 귀하진 않다. 지금은 물러나야 할 때다. 동쪽 지구에 전령을 보내 후퇴 명령을 전달해라."

"예, 알겠습니다."

"남문 쪽 외성에 남아 있는 병력은 어느 정도 되느냐."

"정확하진 않지만 일만에서 이만 정도 될 것입니다. 그들을 불러 저들을 섬멸하시려 하십니까?"

"아니다. 그사이 적의 원군이 도착해 발이 묶여 그들마저

잃으면 우린 살아서 카라코룸으로 돌아가지 못한다. 남쪽에
도 전령을 보내 성문을 열고 철수하라고 전해라."

"칸께선 어찌하시겠습니까?"

"일단 친위대가 시간을 끄는 사이에 남아 있는 병력을 최대
한 수습해서 합류할 것이다."

"예, 칸의 뜻대로."

그렇게 에센의 친위대가 조선군을 상대로 시간을 끄는 사
이 혼란에 빠져 있던 군대와 일꾼들이 어느 정도 수습되었고,
에센은 그들과 함께 퇴각을 시작했다. 결국 그들이 가져갈 수
있는 전리품의 양은 힘들게 모아온 것 중에서 십 분의 일 정
도밖에 되지 못했고 에센은 분노의 감정이 끓어올랐다.

그런 와중에 자신의 친위대를 때려눕히는 적의 장수를 보
곤, 에센은 자신도 모르게 욕이 나오고 말았다.

"샤아(시발)! 저놈은 대체 누구야?"

그러자 알탄이 고향의 노인들에게 예전에 들었던 이야기를
떠올리곤, 한탄하듯 답했다.

"서역교(가톨릭)에서 말하는 연옥이란 곳에서 올라온 마귀
가 아닐까요. 혹은 불승들이 말하는 나락의 야차일지도요."

그의 말을 들은 에센은 자신도 모르게 부하 앞에서 적을
칭찬하고 말았다.

"그게 뭔진 모르겠지만, 내게 수많은 투사가 있어도 저놈처

럼 싸우는 놈은 없었다. 적이긴 하지만 분통 터지게 잘 싸우
는군."

에센은 친위대의 분투 덕에 남쪽 외성을 지키던 병력과 합
류해 북경성에서 퇴각하는 데 성공했고, 동문에서 대치 중이
던 병사들까지 수습한 후 병력의 수를 파악해 보니 삼만이
채 되지 않았다.

에센이 병력을 이끌고 북경 북쪽의 관문 거용관으로 향하
던 차에 척후병들이 거용관 역시 조선군에게 함락되었다는
소식을 가져왔고, 에센은 다시 한번 분노했다.

결국 오이라트 군은 거용관을 우회해서 점령 중인 산서성
으로 진로를 돌렸고, 북경의 2차 공방전은 조선군의 승리로
끝났다.

그리고 그 와중에 북경에서 탈출해 남쪽으로 향하는 무리
가 있었다.

*   *   *

전쟁이… 아니, 북경성의 전투가 끝났다.

오랜 시간 동안 준비한 조선의 국력을 전부 끌어모아서 준
비한 것들이 결실을 보았고, 우린 북경을 탈환했다. 만약 이
전투에서 패전했으면 조선도 명나라와 같은 운명을 맞이했을

지도 모른다.

난 출병하며 총통위를 비롯해 내금위 같은 정예 병력을 전부 데려왔고, 북방 양도에서도 기병과 숙련병을 대부분 동원했기에 하삼도 군과 수군을 제외하곤 남아 있는 병력은 신병이거나 비숙련병들이 대부분일 거다.

미래 말로 이런 걸 영혼까지 끌어모은 한 타라는데, 그 싸움에서 기어코 승리한 것이다. 그 전에 조선 근처의 여진족들이나 대마도를 비롯한 구주 북부를 신속시키지 못했으면 이 정도까지 하지 못했을 것이다.

그간 아버지와 내가 걸어온 행보가 전부 쌓여 이 결과를 이루어낸 것이니 온전히 내 공이라고도 할 수 없고, 아버지와 내가 함께 이룬 성과인 거다.

나는 자금성의 성벽에 올라 풍경을 보며 감상에 취해 있다가 겸사복장 김수연의 보고로 현실로 돌아올 수 있었다.

"주상 전하. 신 겸사복장, 임무를 마치고 복귀하였사옵니다."

"그래, 피난 임무는 잘되었는가."

"예, 서쪽과 남쪽 방면에 살던 백성들을 성 밖으로 피신시켰고, 민가에 숨어든 달자의 패잔병들도 발견하는 대로 제압해 본대로 인계하였습니다."

"정말 잘해주었네. 이참에 그대가 책임지고 치안을 담당해

주었으면 좋겠는데, 그래 줄 수 있겠는가?"

김수연은 잠시 침묵하며 고민하다가 고개를 숙이며 답했다.

"신은 주상 전하의 명을 따를 뿐이옵니다. 명을 내려주시옵
소서."

"그래. 살아남은 명나라의 관료들을 찾아 조정을 재건할 때
까지만 그대가 치안유지를 맡게."

"명을 받들겠사옵니다."

그렇게 내 전권을 받은 김수연이 병사들을 이끌고 잔당 색
출 겸 치안 임무를 시작했고, 성 밖으로 피신했던 북경의 주
민들도 다시 성안으로 돌아오기 시작했는데… 문제가 많다.

지금 약탈과 방화로 인해 북경 시내의 집이 거의 4분의 1가
량이 타버렸고, 주요 교전지였던 덕승문 일대와 북서쪽 지구
엔 남아 있는 민가가 아예 없다. 민가 대신 오이라트 병사들
의 시체만 가득해서 전염병이 생기기 전에 성 밖으로 날라 화
장해야 할 판이지.

지금 북경 인구수가 전쟁으로 인해 많이 줄긴 했겠지만, 적
게 잡아도 30만가량은 될 텐데 이거 큰일이긴 하네. 일단은
오이라트 놈들에게 빼앗은 천막을 전부 동원해서라도 임시 주
택으로 활용해야겠어.

군을 동원해 성안에 남아 있는 잔당들마저 전부 색출해서
포로로 만들었고, 사람들을 부려 잔해를 치우고 천막을 총동

원해서 임시 거주지를 만들면서 데려온 의원들을 시켜 병자들을 보살펴 주었다.

그렇게 일주일가량 작업을 하면서 성의 치안이 조금 안정되자, 난 우리 바지사장님을 자금성으로 모시고 개선 행진을 시작했다.

난 황제에게 특권을 받아 그와 나란히 말을 몰게 되었고, 그 뒤엔 왕진과 도원수 이징옥이, 그 뒤엔 나를 호종 중인 조선의 관료와 장수들이 따라오고 있었다.

행진을 시작하자 주기진이 감격한 듯 내게 말을 걸었다.

"정말… 그대가 장담한 대로 짐이 본래 있어야 할 곳에 왔구나."

"예, 그렇습니다. 황상께서 신을 믿고 큰일을 맡겨주셨기에 가능했습니다."

"짐이 한 것이 무엇이 있는가? 정말 고맙네. 이 모든 공은 그대가 이룬 것이고, 그대의 공을 따져보면 아조의 개국공신 모두와 비교해도 모자랄……. 어찌 보면 그들과는 비교조차 할 수 없을 것이네. 말 그대로 구국의 공을 세운 것이니, 짐이 이 은혜는 절대로 잊지 않을 것이야."

"그 모든 것은 황상께서 건재하셨기에 가능했사옵고, 신은 제후의 책무를 다했을 뿐이옵니다. 과찬은 거두어주시옵소서."

"하하! 그대도 왕 태감처럼 겸손하기 그지없어."

그렇게 황제가 나와 같이 말을 타고 자금성 쪽으로 이동하자, 살아남은 북경의 백성들이 인파를 이루어 몰려와 만세를 외치면서 환호했다.

"만세! 만세! 만세!"

그렇게 열광적인 만세 합창이 잦아들자, 사방에서 조선군을 향해 감사를 표하며 떠들썩하게 소리를 지르기 시작했다.

그중에서 내 쪽을 보고 뭐라고 이야기하는 이가 있어서 귀를 기울여 보니, '하늘이 내려주신 성군이시여, 만수무강하소서'라고 외치고 있는데 주기진 보고 하는 소린가?

그쪽이 뭔가 잘못 알고 있는데, 애초에 이놈이 멋대로 친정에 나서지만 않았어도 여기가 함락될 일은 없었어.

아니네, 내가 착각했다. 날 바라보면서 하는 소리였군. 거참 고맙기도 하지.

그렇게 지나치는 사람들의 이야기에 귀를 기울여 보니, 온갖 찬사를 들을 수 있었다. 그러다가 여성들이 모인 쪽에 집중해 보니 다른 말들도 들린다.

"어머! 저분이 바로 천자님이신가 봐! 어머머… 어쩜 저리 잘생기셨을까? 입고 있으신 갑옷도 그렇고, 마치 하늘에서 내려오신 분 같아."

"그러게, 나도 모르게 빨려들 거 같아."

"아직 수염이 없는 게 흠이긴 한데, 아직 연치가 적어서 그러시니 좀 더 연륜이 쌓이면 더 멋져지시지 않을까?"

"그렇겠네. 그건 그렇고 옆에 계신 분은 조선의 왕인가?"

"그런가 봐. 갑옷은 멋진데 어쩜 저리 얼굴이… 참……."

"우릴 구해주신 분에게 그게 무슨 실례되는 말이야?"

"어머, 내 정신 좀 봐. 요 입이 방정이네."

이건 뭐라 할 말이 없군.

저 여인들은 날 황제로 착각하고 있나 본데, 명나라 쪽에선 살집 좀 있는 남자를 높게 치지 않던가?

그건 그렇고 내게 수염 없다고 말하는 건 조선의 궁궐에선 금기에 가까운 말이라 전혀 의식하지 않고 지냈었는데, 갑자기 잃어버린 내 수염이 그리워지네. 그래도 수염을 잃고 역사를 바꿨으니, 그 대가라고 보면 되겠지.

그런 와중에도 주기진은 왜인지 모르겠는데 조급한 표정을 짓기 시작했다. 왜 저러지?

그렇게 개선 행진을 마치고, 내가 문에 도착하기 전에 말에서 내려 자금성으로 들어가려 하자 주기진은 나를 제지했다.

"말에서 내릴 필요 없네. 짐이 그대에게 이 정도 편의도 못 봐줄 것 같은가? 무장을 해제할 필요도 없네. 그대로 따라오게."

"황은이 망극하옵니다."

그렇게 나와 황제를 제외한 모든 이들이 하마해서 북문에
도착하니, 한명회와 관복을 차려입은 명의 관료들이 함께 자
금성의 북문인 현무문 양쪽에 열을 맞춰 서 있었다.

그런데 생각한 것보다 저들의 수가 훨씬 적다. 전부 합쳐도
백 명이 채 안 되겠는데?

거기에 삼 분의 일가량은 나이도 어려 보이는 게, 말단 관
리들까지 전부 끌어모은 듯 보인다.

그러자 누군가가 먼저 선창하듯 소리를 질렀다.

"황상의 귀환을 경하드리옵니다!"

"명의 수명천자(受命天子)시여, 만세, 만세, 만만세!"

그렇게 관료들의 만세 삼창이 자금성에 울려 퍼졌지만, 주기
진은 그들에게 별다른 반응을 보이지 않았고, 그대로 눈길 한
번 주지 않은 채 안으로 들어갔다.

당황한 관료들 역시 종종걸음으로 우릴 따라오기 시작했
고, 황제는 곧장 자신의 처소인 건청궁으로 향했다.

건청궁에 도착한 황제는 말에서 내리면서 그제야 자신을
따라온 관료들에게 말했다.

"짐이 고단하니, 일단 오늘은 쉴 것이다. 급한 공무가 있으
면 신임 병부상서와 의논하여 처리하라."

신임 병부상서가 누군데? 전임 병부상서 우겸의 생사는 아
직 알 수 없었다.

그러자 덩치 좋은 장년인 하나가 조심스럽게 말했다.

"황상, 신 도어사 석형이 삼가 아뢰옵니다. 신임 병부상서라 하심은 대체 누굴 지칭하시는지……."

아, 네가 그 석형이었어? 탈문의 변 주동자? 전에 정인지에게 저놈과 친해지라고 이야기는 해두었었는데, 막상 얼굴을 보는 건 처음이네.

그러자 황제는 석형의 말이 끝나기 전에 나를 슬쩍 바라보면서 냉소적으로 말했다.

"네놈의 눈앞에 서 있지 않으냐. 당분간 짐의 최고 충신인 조선의 왕 휘지(輝之, 이향의 호)에게 병부상서를 겸임케 할 것이고, 장차 왕의 지위를 새로 내릴 것이다."

그게 대체 무슨 소리야. 그리고 언제부터 우리가 호를 부를 정도로 친해진 거냐. 그러고 보니 호로 불릴 일이 거의 없었는데, 저렇게 들어보니 신선하게 느껴지네.

그건 그렇고 내게 말도 없이 일을 떠넘기다니……. 정말 고맙다. 임시지만 명나라의 군권을 내 손에 쥐게 생겼네.

게다가 왕이란 건 번왕을 말하는 건가? 영지를 주면 고맙긴 한데, 내게 필요한 땅은 요동과 조선의 북방 일대니 이 부분은 나중에 자세히 이야기를 나눠봐야겠네.

석형과 다른 관료들은 황제의 발언에 충격을 받았는지, 별다른 반응조차 못 하고 경악한 표정을 지었다.

잠시 후 정신을 차린 듯한 석형이 무릎을 꿇으며 황제에게 고했다.

"폐하! 어찌 제후국의 왕에게 아조의 병부상서 벼슬을 내리시려 하십니까? 이는 전례에 없는 일이오니, 부디 거두어주시옵소서."

"적임자가 없어서 그렇다. 경들 중에 이적을 몰아낸 휘지보다 군사를 잘 다루는 이가 있는가? 아니면 손수 목숨을 걸고 이적들과 사투를 벌이면서까지 짐을 구하러 온 용맹스러운 이가 있었더냐? 신임 병부상서는 제후국의 왕임에도 전장에 뛰어들어 이적들의 피를 뒤집어쓰면서도 손수 짐을 구원해 주었도다."

"……!"

반응을 보니 다들 그 일을 모르고 있었나 보네. 그 와중에 무표정하던 한명회도 그 말에 살짝 놀랐는지 눈을 크게 뜨고 있었다.

석형이 힘없는 목소리로 다시 한번 말을 꺼냈다.

"그렇긴 하오나……."

"닥치고 그냥 듣거라! 짐의 충신이라 자처하던 관료란 것들은 대체 뭘 했어?"

"……."

"그러고 보니 도어사, 그대는 무장 출신이었지. 그대는 짐이 이적의 손에 있을 때 무엇을 했는가?"

"그것이… 소신은……."

그렇게 말을 잇지 못하던 석형은 뭔가 생각난 듯, 말문을 열었다.

"아뢰옵기 송구하오나, 신과 여기 모인 이들 대부분은 대역 죄인 우겸에 반대해 옥에 갇혀 있었사옵니다."

석형이 말을 교묘하게 뭉개는군. 네가 말하는 반대라는 건 결사 항전을 주장하는 우겸에 반대하는 남경 천도였지, 황제 의 구출이 아닐 텐데? 난 한명회에게 보고를 들어서 그의 사 정을 알고 있었다.

그러자 주기진이 다시 한번 석형을 노려보며 물었다.

"그게 정녕 사실이냐?"

나도 황제와 함께 석형을 바라보며 알 듯 말 듯한 미소를 비쳤고, 석형은 내 태도를 보곤 내가 진상을 알고 있는 걸 눈 치챘는지 눈을 질끈 감았다.

만약 여기서 사실이 밝혀지고 황제가 노하면, 조정에서 일 할 사람이 전부 사라지게 된다. 내가 저들의 약점을 잡았으니, 적당히 풀어줘야겠군.

난 한명회에게 눈짓으로 신호를 보냈다. 그러면 내 의도를 바로 알아채겠지?

"폐하, 소신은 조선의 역관 한가라고 하온데, 감히 황상께

고해도 되겠사옵니까?"

"그래, 말해보아라."

"소신이 경사에 머물며 사정을 지켜보았었는데, 도어사의 말은 사실이옵니다. 대역죄인이 가짜 천자를 옹립하며 석 대인과 여기 있는 이들을 전부 옥에 가두었사옵니다."

한명회 역시 이유는 밝히지 않고 교묘하게 결과적인 사실만 말했다. 역시 믿고 맡길 만하군.

"허, 그런가. 자네는 그걸 어찌 알았는가?"

"소신은 친정에 나선 조선의 군주에게 명을 받아 양국 조정의 연락을 위해 경사에 머물면서 사정을 알게 되었고, 이적들이 쳐들어왔을 때 간신히 몸을 피해서 저들을 구출할 수 있었습니다."

그의 말을 받아 내가 끼어들었다.

"황상, 한 역관은 아군에 내응해 동쪽 성문을 열었고 도어사 석형은 남은 병사들을 수습해 동쪽에서 아군과 함께 싸웠습니다."

"그렇군. 석형, 그대도 고충이 많았다. 나중에 상을 내려주지. 그리고 한 역관의 공이 크구나! 나중에 짐이 그대를 따로 불러 공을 치하해 주마."

"황은이 망극하옵니다."

"그래. 오늘은 이만 쉬고 싶으니 모두 물러가거라."

그렇게 나와 석형이 물러나자 왕진과 여자들이 몰려와 황제의 처소로 들어갔고, 그제야 황제의 목적이 뭔지 알 것 같았다.

우리 사장님, 그동안 여자가 없어서 참기 힘들었나 보네. 저걸 보니 나도 중전의 품속이 그리워진다. 거기다 출정 전에 나인 양씨도 새 후궁으로 들였는데 몇 번 보지도 못했었지. 갑자기 가족들이 보고 싶어지네.

그렇게 난 황제의 처소에서 물러나 명의 관료들과 회의를 하러 편전인 문화전으로 이동했고, 한명회와 성삼문, 그리고 내금위장과 이징옥이 나를 따라왔다.

"반갑네. 다들 들어서 알겠지만, 고가 바로 조선의 왕이자 임시 병부상서이네."

그러자 다들 내게 절을 하며 한마디씩 외쳤다.

"전하의 성은이 망극하옵니다."

"황상과 경사를 구원하시고, 저희를 구해주신 은혜는 잊지 않겠사옵니다."

"조선국의 왕이시여, 천세를 누리소서!"

그들의 말이 길어질 거 같아, 난 감사 인사를 끊으며, 안건을 꺼냈다.

"지금은 감사보다 중요한 문제가 산적해 있네. 지금 관료 수가 부족하니, 일할 사람을 뽑는 게 우선 아니겠는가?"

그러자 석형이 대표로 나서서 답했다.

"그러하옵니다, 전하."

"당장 과거를 치를 여건도 아니고, 이적들이 완전히 물러난 것도 아니니, 고를 호종하러 온 신하들이 당분간 명 조정의 일을 돕게 해주지."

그러자 한명회의 동공이 흔들렸고, 성삼문의 입술이 파르르 떨리기 시작했다.

왜 저러지? 설마 타국에선 일 같은 건 안 할 거라 생각한 건가?

제6장

대결!

개선식을 마친 다음 날부터 조선의 신료들과 명의 관리들이 힘을 합쳐 북경 복구와 조정 정상화 작업을 시작했다. 그러나 토목의 패전에서 죽거나 전향한 중앙 관료가 8할 가까이 되었고, 또한 북경에 남아 있던 나머지 관료의 절반 이상은 경태제를 따라 남경으로 간 상황이다.

그런 이유로 인원이 부족한지라, 나를 따라온 조선의 관리들과 정통제를 따르게 된 명의 관리들은 잠도 제대로 못 자고 격무에 시달리게 되었고, 나 역시 처소에 틀어박힌 황제 대신 최고 승인권자가 되어 열심히 일해야 하는 처지가 되었다.

궁으로 돌아온 주기진이 정실부인인 황후도 외면하고, 결핍된 뭔가를 채우려는 듯 여자와 먹을 것을 탐닉하는 데 열중하고 있으니, 당분간 이런 업무가 계속 이어질 듯 보인다.

그나저나 나도 적당한 시기엔 귀국해야 하는데, 이러다간 명나라의 모든 정사를 내가 책임지게 생겼다.

그런 와중에 척후를 통해 알아보니 오이라트의 군대는 산서성으로 물러나서 태원에 머물고 있다고 한다.

이제 대세는 우리 쪽으로 넘어왔지만 아직 저들이 본국으로 물러나지 않은 이상 전쟁이 완전히 끝난 것은 아니다.

여기서 전쟁이 더 길어지면 의미 없는 소모전이 될 테니 난화의를 맺기 위해 에센에게 사신을 보냈다.

일전에 사로잡은 에센의 의형제 소로와 공성전 도중 포로가 된 알락, 그리고 바얀 같은 여러 측근의 신병을 우리가 쥐고 있으니, 에센도 내 제의를 쉽게 거부하지 못할 거라 생각된다.

사신이 출발하고 나자 최근 격무에 시달려 안경으로도 다크서클을 전부 가리지 못하고 있는 성삼문이 내게 새로운 소식을 들고 왔다.

"주상 전하, 경사에 머물던 유학자들이 전하의 은혜를 보은하려 업무를 돕겠다고 자청하고 있사옵니다. 또한 몇몇 이들은 전하를 직접 알현하길 청하고 있사옵니다."

그 말을 하는 성삼문의 표정이 묘하게 즐거워 보이는데, 아무래도 부려먹을 사람이 늘어서 그런 건가?

"알겠네, 오후에 접견 약속을 잡게나."

"예, 소신이 조치하도록 하겠습니다."

그렇게 오후가 되자 유학자 열 명이 내가 업무실로 이용 중인 화개전(華蓋殿)으로 김처선과 명의 내관들의 안내를 받아 도착했고, 곧장 내 앞에 부복하며 절을 했다.

"전하, 미천한 서생이 황도 경사의 수호자이시자 명국의 구원자이신 조선의 군주를 뵙사옵니다. 부디 천세를 누리소서!"

수식어가 너무 거창한데? 따져보면 맞는 말이긴 하지만 막상 듣고 보니 낯부끄럽기도 하다.

"그래, 잘 왔네. 일전에 듣기론 그대들이 나서서 조정의 업무를 돕겠다고 뜻을 모았다고 들었는데, 고가 들은 말이 맞는가?"

"예, 그러하옵니다. 또한 소관의 목숨을 친히 구원해 주신 전하께 직접 예를 보이고 싶어 여기까지 오게 되었습니다."

내가 저 남자의 목숨을 구해주었다고? 저들의 대표로 나서서 말을 하는 이의 얼굴을 살펴보니, 낯이 익다. 어디서 봤었지? 잠시 생각에 잠겼던 난 이내 그의 목소리를 기억해 냈다.

"그러고 보니 기억에 남는군. 자네는 고를 장군으로 착각했던 이였구나."

"예, 그러하옵니다. 이 미천한 목숨을 전하께 구원받았사옵니다."

눈앞의 사내는 내가 서쪽 지구에서 벌어진 학살 사건에서 목숨을 구해준 유학자였다.

전신과 얼굴이 피와 흙으로 더럽혀진 그때와 다르게 지금은 깨끗한 옷을 입고 있어서 바로 기억이 안 났었나 보다. 이렇게 다시 얼굴을 자세히 살펴보니 알 것 같다.

"그랬군. 그때는 상황이 급박해 듣지 못했는데, 그대의 이름은 무엇인가?"

"소관은 설(薛)가의 선(宣)이라고 하옵고, 자는 덕온(德溫)입니다."

어? 저 중년인이 설선이었다고? 전혀 의외의 인물을 여기서 만났네?

"그대가 바로 경헌(敬軒) 선생이었나."

"전하, 소관의 호를 어찌 아셨사옵니까?"

"그대의 높은 학식과 명성은 조선에서도 잘 알려져 있네. 송학의 대가이자 이학과 성리학의 대학자라고 풍문으로 들었노라."

그러자 설선은 내 칭찬을 듣곤 기분이 좋아졌는지, 얼굴을 붉히며 내게 고개를 숙였다.

"과찬이십니다. 그저 부끄러운 허명일 뿐이옵니다."

아니, 네가 조선에서 유명해진 건 훗날 퇴계 이황에게 사상적 영향을 줘서 그런 거거든?

설선이 명의 대학자이긴 하지만, 지금의 조선에선 그다지 유명하진 않고 아는 사람만 아는 정도다. 오히려 설선의 사상은 훗날 일본 성리학자들에게 큰 영향을 끼쳤다.

"그나저나 고가 풍문을 듣기론 그대도 관직에 있었던 것으로 아는데, 지금은 아무 벼슬도 하지 않고 있었던 것인가?"

"예, 그러하옵니다. 소관은 몇 년 전 모함을 받아 투옥되었다가 풀려난 후 벼슬을 버리고 후학 양성에 전념하고 있었사옵니다."

"대체 무슨 모함을 받았기에 그런가?"

"그것이……."

"당장 말하기 곤란하면 관련자의 이름은 빼고 간략히 고해 보게."

그렇게 난감한 표정을 짓고 잠시 고민하던 설선은 말을 이었다.

"소관은 하늘에 한 점 부끄러울 게 없으니, 전하께 솔직히 고하겠사옵니다. 전임 병부상서이자 당시 대리시의 수장이었던 우겸이 태감 왕진에게 모함을 받아 옥에 갇힌 적이 있사옵니다. 소관은 그때 대리시의 관원이었으며, 우겸의 죄를 입증할 가짜 증좌를 만들어내라는 왕진의 명을 거부하고 그의 면

전에 침을 뱉어 옥에 갇혔었사옵니다."

허, 설선도 배짱이 두둑하군. 당시 절대적인 권력을 휘두르는 왕진에게 당당히 개길 정도였다니 대단하긴 하다.

"그런 사정을 지녔으면 관직에 나서기가 꺼려졌을 텐데, 어찌 다시 나랏일을 하기 위해 나서게 됐는가?"

"그런 사소한 은원 따윈 소관이 전하께 입은 구명의 은혜와 나라의 대사 앞엔 중요치 않다고 생각했기에, 사문과 제자들을 이끌고 이리 나서게 되었사옵니다."

"그런가. 고가 그대의 사정을 알았으니 왕 태감이 그대에게 어떤 해도 끼치지 못하도록 조치하겠노라. 안심해도 좋네."

"성은이 망극하옵니다."

왕진은 요즘 내 비위를 맞추기 급급한 실정이고 황제 돌보기에 바쁜 데다 조정의 권한이 내게 쏠려 국정에 신경 쓰지 못하고 있었다.

"내 조만간 적당한 자리를 만들어줄 테니 황상과 나라를 위해 그대의 능력을 발휘해 보게나."

"삼가 전하의 은혜에 보은하도록 노력하겠사옵니다."

"그래, 오늘은 이만 물러가게나."

이참에 명 조정 안에 세력 구도 조정을 좀 해봐야겠어.

왕진을 위시한 내관의 입김이 아직 세긴 하나, 전쟁을 겪으며 에센에게 투항한 다음 북경을 탈환되는 과정에서 목숨을 부지하기 위해 그를 따라간 놈들이 많아 환관들은 이전만큼 세가 높지 못하다.

그리고 석형과 서유정을 비롯한 원 역사에서 정통제를 복위시키려 탈문의 변을 일으킨 패거리가 권력을 쥐려 노력하고 있는데, 내게 결정적인 약점을 잡힌 이상 내 말에 따를 수밖에 없는 실정이기도 하다.

그리고 마지막으로 설선의 제자들과 동문 유학자들을 등용해 조정 대신으로 만들면 적당하게 세 가지 세력이 완성되겠군.

거기에 세 무리 중 그 어느 쪽도 내게 거스르지 못하는 게 마음에 든다.

조선 조정의 신료들은 나와 함께 고생하면서 같이 성장했고 성향상 개인적으로 국가 정책에 반대를 할지언정 모두가 하나란 인식이 강해 조선에선 이런 일을 할 필요가 없었다.

그런데 이런 걸 조선이 아닌 타국에서 하게 되니, 생각 외로 재미있는데? 왜 후세의 왕들이 붕당으로 세력을 갈라놓고 정치판을 벌였는지 이제 알 것 같았다.

*   *   *

그렇게 조선의 왕이 북경에서 명나라 조정의 개편에 힘쓰고 있을 때, 조선의 상왕인 세종은 아들이 방치하고 간 조선 조정의 업무에 치여 은퇴하고 누리던 평온함을 전부 잊을 만큼 바쁘게 지내고 있었다.

그는 주상이 친정에 나서자 난데없이 이천에서 끌려오다시피 궁으로 돌아와야 했고, 어쩌면 자신이 현역일 때보다 배는 늘어난 듯한 업무량에 할 말을 잊었다.

그런 와중에 귀여운 손자인 세자 홍위를 매일 보는 낙마저 없었다면, 파업하고 이천으로 돌아갔을지도 몰랐다.

"호판, 실시 중이던 전국 호구조사의 자료가 거의 모였다고 들었네. 과인이 대략적인 수치를 알 수 있겠는가?"

세종의 거처 수강궁으로 부름을 받고 온 호조판서 이순지가 세종의 물음에 조심스럽게 답했다.

"예, 상왕 전하. 자세한 것은 자료를 정리해야 하나, 지난 임자년(1432)에 조사한 호구와는 비교조차 할 수 없이 늘었사옵니다. 소신이 대략 따져보니 그 수가……."

"대체 얼마나 되는가."

"그때의 호수는 226,320이었던 데 반해, 지금은 그 다섯 배가 넘사옵니다."

"그 정도는 상정한 범위가 아닌가. 임자년의 호구조사는 완전한 게 아니었도다. 어디까지나 당장 세를 거둘 수 있는 가구만을 세어 파악했으니, 팔도 모든 백성의 수를 파악하고 있는 작금의 조사와는 다를 수밖에 없지 않은가?"

"예, 그렇지만 이제껏 파악된 인명의 수만 해도 500만이 넘었사옵니다."

"그게 참말인가?"

"예, 주상 전하께서 철저하게 전수조사를 시행해 모든 백성의 수를 파악하라 이르셨기에 일곱 살 이상의 어린아이들까지 전부 파악해 정리하니 이렇게 되었사옵니다."

"그렇게 많았단 말인가."

"또한 도성의 인구가 요 십 년 사이 몇 만 이상이 늘어난 것으로 추정되옵니다."

도성 한양의 발전으로 인해 사람들이 몰렸고, 도성에서 집중적으로 시행 중인 우두 접종과 위생 개선 효과로 인해 영아 사망률이 줄어들자 인구 증가가 점차 가속화되고 있었다.

지방에서도 같은 정책이 시행 중이긴 하나 아직 도성만큼 극적인 효과가 나오지는 않고 있었다. 그래도 전국적으로 따져보면 증가세로 돌아선 상황이었다.

"그럼 총합 예상 추정치는 대략 어느 정도인가."

"아마도 육백만에 조금 못 미치지 않을까 추측 중이옵니다."

세종은 정확하진 않지만, 자신의 치세 때 조선의 총인구수를 대략 오백만 이하로 상정하고 운영했었다.

그런데 실상을 제대로 파악해 보니 거의 육백만에 가까운 걸 알게 되었고, 지금은 문제가 없다지만, 이 추세로 가면 백 년 이내에 심각한 사회문제가 될 것이라 예상하게 되었다.

"주상께선, 이후의 정책이나 일에 대해 언급하신 게 있는 가."

이순지는 호구조사에 바빠 이후 정책에 관해 물어볼 엄두 를 내지 못했고, 왕 역시 전쟁 준비로 바쁘게 지내느라 이순 지에게 일을 맡겨두기만 하고 별다른 이야길 하지 않았다.

"소신은 아직 그쪽에 대해선 들어본 바가 없습니다. 아무래 도 그런 이야기를 할 정도로 가까운 이는 좌부승지 성삼문이 나 우의정 황보인이 아닐까 싶사옵니다."

이순지가 언급한 성삼문은 북경에서 고생 중이었고, 황보인 은 국경을 수비 중이다.

"그 둘은 지금 조정에 없지 않은가. 그런 이야길 나눌 만한 상대가 또 누가 있는가."

잠시 고민하며 생각에 잠겨 있던 이순지는 누군갈 떠올리 고, 세종에게 말했다.

"아무래도 전농시랑 이천 영감이나, 형조판서 김종서 대감 과 가까울 듯하옵니다."

"알겠네. 그만 물러가고 이후 결과가 정리되면 서면으로 보 내게."

"예, 소신은 이만 물러나겠사옵니다."

그렇게 이순지를 보내려던 상왕 세종은 문득 뭔가가 떠오른 듯, 이순지를 다시 불러 세웠다.

　"호판, 지난번에 완성했다던 현미경이란 기물 말일세."

　"예, 전하께서도 그 기물에 관심이 있으시옵니까?"

　"그걸로 허공의 보이지 않는 기운을 구분할 수 있는가?"

　"무슨 뜻으로 하교하시는지 짐작이 가오나, 소신이 완성한 현미경은 이나 벼룩같이 작은 벌레나 옷감의 결을 확대해 크게 볼 수 있는 정도이옵니다. 상왕 전하께서 바라시는 기능은 없사옵니다."

　이순지가 만든 시험형 현미경은 제작 초기엔 망원경과 별다른 차이가 없었다.

　안경원 장인들의 피와 땀, 그리고 욕설과 눈물이 섞인 시행착오를 겪으며 제작 이론이 정립되고 나서야 그나마 최대 스무 배가량 확대가 가능한 쓸 만한 물건이 얼마 전에 완성되었으며 색수차에 관한 물질 구분 원리도 어렴풋이 감을 잡는 단계에 불과했다.

　"흠, 그런가? 과인이 따로 알아내는 수밖에 없겠군."

　"그럼 신은 이만 물러나겠사옵니다."

　세종은 그 후 이천과 김종서를 불러 본래 목적이었던 개발 계획에 관한 이야기를 나누었고, 그들이 물러나고 나서 완전하진 않지만 어렴풋이 자기 아들이 그려놓은 계획의 전모를 파악할 수 있었다.

'아무래도 향이… 아니, 주상께선 향후 전라도 남쪽에 커다란 곡창지대를 만들고, 미타호 인근에도 아국의 백성을 보내 개척을 준비하려 하는 듯하군.'

세종이 그 후 한참을 관련 서류를 뒤져보니 퍼즐이 풀리듯, 큰 그림이 보이기 시작했다.

아직 위치가 정해지진 않았지만 물류 이동의 중간 지점을 만들려는 듯 보였고, 도로 공사를 확대하는 건 그 계획의 밑바탕이었다.

언뜻 보기에도 함길도에서 예전보다 더 많은 사탕무를 재배하고 있었고, 그것은 쌀로 교환되어 북방의 식량을 책임지고 있었다.

또한 미타호 일대에서 들어온 대량의 밀과 보리 일부는 한양을 거쳐 수송선과 병행되어 지방으로 흘러가고 있었다.

지금은 어쩔 수 없이 한양을 통하고 있긴 하지만, 분명 한양 인근에 새로운 고을을 만들어서 충청도의 천안처럼 육상 물류 중계지로 활용하려 하고 있음이 분명했다.

또한 이 모든 것은 몇 년 안에 해결될 일이 아니었고, 최소 몇십 년에서 백 년 이상 걸릴 만한 국가의 대사였다.

그런 아들의 계획에 세종은 감탄하면서도 무언가 부족한 면들을 발견했고, 자신도 모르게 그것을 보완하려 서류를 정리해 새로운 계획서를 짜던 중 자신의 처지를 자각하곤 잠시 한탄했다.

'예전엔 세자였던 주상을 부리려고 대리청정을 시켰는데…….
지금은 내가 아들인 주상에게 강제로 부림을 당할 줄이야. 허
허허…….'

그러나 그런 업무의 고통은 세종만이 받는 게 아니었다. 왕
이 친정에 나서며 많은 이들을 데려갔기에 남아 있는 이들 역
시 과중한 업무에 시달렸고, 집현전과 성균관의 신입 학사들
마저 업무에 동원해야 할 지경이었다.

그러던 중 대량의 군수물자와 상상도 못 한 양의 전리품이
치중대를 통해 도착했고, 조정에선 그것을 보고 기쁨에 겨워
하면서도 수용할 공간이 모자라 인력을 대거 동원해 새로운
창고를 지어야 했다.

그 후엔 대량의 금은보화와 소가 수천 마리가량 들어와 새
로운 축사와 창고를 추가로 만들어야 했다.

그런 와중에 치중대의 책임자에게 전황에 관해 물어도, 자
세한 사정은 모르고 아군이 승전 중이란 대답만을 들어야 했
던 조선 조정의 사람들은 혹시나 전쟁이 길어지면 왕의 신변
에 무슨 일이 생기지 않을까 걱정하며 초조함에 시달렸다.

그렇게 모두가 힘든 시간을 보내고 있을 때, 전령을 통해 희
소식이 들어왔다.

왕이 손수 작성한, 그간 자세한 전쟁의 전개 과정과 전후 계획이 담긴 교지가 조정에 도착한 것이었다.

조선에선 그제야 황제가 오랑캐에게 잡혀갔었고, 왕이 손수 그를 구출한 다음 함락되었던 명의 수도 북경을 탈환하게 된 것을 알게 된 것이었다.

조정의 신하들은 천세를 외치며 온통 축제 분위기가 되었고, 그런 와중에 편전에서 관료들과 함께 전령에게 주상이 직접 전쟁터에 뛰어들어서 이적들을 참살했다는 소식마저 듣게 된 상왕 세종은 태조 대왕의 재림이라며 왕을 칭송하는 신하들과 다르게 뒷목을 잡고 말았다.

*   *   *

하나였던 명나라의 병부상서이자 지금은 남경 조정의 병부상서가 된 우겸은 북경에서 포로 생활을 겪었고, 그의 능력을 높이 산 오이라트의 왕 에센에게 자신을 섬길 것을 강요받으며 고난을 겪었었다.

그러나 조선군이 북경을 공격해 혼란한 와중에 자신의 옛 부관이었던 전소의 도움으로 포로로 잡혔던 부하들과 함께 북경을 탈출할 수 있었다.

몇 년 전 우겸이 화포 유출 사건의 공으로 병부시랑으로 승진해 북경으로 간 후 산서성에서 관직 생활을 이어가던 전소는 전쟁 통에 몸을 피해 북경으로 피난했었고, 1차 북경 공방전에선 하급 지휘관으로 참전했다가 간신히 목숨을 건졌었다.

오이라트군을 피해 몸을 숨기던 전소는 도어사 석형이 패잔병을 모으며 우겸을 찾는 것을 알게 되었으며, 둘 사이의 악연을 떠올리곤 석형에게 존경하는 옛 상관이 발견되면 죽임을 당하리라 생각해 한발 앞서 그를 찾아 옥에서 꺼내 피신시켰다.

그렇게 구출되었지만 황도를 지키지 못했다는 죄책감과 자신의 무력함에 절망한 우겸은 일행과 함께 남경으로 향했고, 그 와중에 전소와 그의 추종자들에게 그간의 사정을 자세히 들을 수 있었으며 결국 조선군이 북경을 탈환했다는 소문도 이동 중에 들을 수 있었다.

또한 우겸은 전란 중에 가족들의 생사도 알 수 없어 우울함과 무력감에 계속 시달려야 했다.

그렇게 긴 여정 끝에 우겸은 목적지였던 남경의 황궁에서 경태제 주기옥과 재회했다.

"병부상서, 무사했구려! 짐은 그대가 정말 죽은 줄 알았었네."

"망극하옵니다. 신은 여기 있는 전 첨사의 도움으로 경사에서 탈출할 수 있었사옵니다."

경태제는 전소를 바라보곤 환하게 웃으면서 말했다.

"자네가 대공을 세웠구나. 짐이 그대에게 상을 내려주겠노라."

그러자 전소는 황급히 절을 하며 답했다.

"화, 황은이 망극하옵니다."

"그럼 다들 물러나 있게. 짐은 병부상서와 따로 나눌 이야기가 있노라."

사람들이 물러나자, 경태제는 곧바로 우겸을 바라보며 환하게 웃었다.

"정말 살아 있어줘서 고맙네. 짐이 그대 걱정에 얼마나 노심초사했는지……. 아, 가족들의 소식은 들었는가? 그대의 가문 사람들은 짐의 조치로 피난해서 이곳에서 잘 지내고 있다네."

"……."

난데없이 가족의 소식을 들은 우겸은 황제의 자상한 배려에 목이 메어 말이 나오질 않았고, 조용히 절을 하며 감사를 표했다.

경태제 또한 무사한 우겸을 바라보곤 자신도 모르게 감정이 북받쳐 눈물을 흘렸고, 그런 경태제를 바라본 우겸 역시 그간 느끼던 우울함과 무력감도 전부 잊은 채 생전 처음으로 자신이 살아온 인생 전부가 보답받은 기분이 들어 자기도 모르게 눈물을 흘렸다.

"망… 극하옵니다."

그렇게 어린 황제와 진정한 충신이 서로 부둥켜안고 울다가 겨우 진정이 되자, 경태제가 우겸에게 물었다.

"병부상서, 북방의 정세는 어찌 되고 있는가? 군을 모아 다시 싸우면 이길 수 있겠나?"

그러자 우겸은 남경 조정에선 아직 자세한 사정을 모르고 있다는 사실을 깨닫고 여정 중에 자신이 파악한 정보를 자신의 황제에게 전했다.

"황상, 황도 경사는 태상황을 구출한 조선군이 탈환했사옵니다. 패퇴한 이적은 산서성으로 물러났다고 하옵니다."

우겸의 발언을 들은 경태제는 놀라 우겸에게 되물었다.

"형님께서… 돌아왔다고?"

"예, 그렇사옵니다."

"그럼 짐의 보위는 어찌 되는 것인가? 혹여 짐을……"

우겸은 자신을 알아주는 군주를 위해 목숨을 버릴 각오를 속으로 다지며, 그에게 답했다.

"신의 추측이지만, 태상황께서 복위하신 순간 남경의 조정은 역적의 무리로 지정되었을 것이옵고 이미 돌이킬 수 없을 것이옵니다. 차라리 폐하께선 장강을 국경 삼아 북쪽을 경계하시고 이곳에서 선정을 베푸시어 치세를 이어가소서."

"자네의 말은 이 나라를 둘로 나누란 말이 아닌가? 그건……."

경태제가 주저하듯 답하자, 우겸이 강하게 말했다.

"태상황은 간신들에게 휘둘려 이 나라를 망하게 할 뻔한 암군이옵니다. 이적이 쳐들어오지 않았더라도 환관과 간신들 때문에 반란이 일어나 나라가 망할 수 있었사옵니다. 이동 중에 소문을 듣자 하니 사천 쪽엔 불온한 소문이 돌고 있다고 합니다."

우겸의 말을 듣던 경태제는 혼란스러운지 불안한 표정을 지으며 자조하듯 대답했다.

"그대의 말이 맞긴 하지만, 어찌 나라를 둘로 나눌 수 있겠는가……. 차라리 교섭을 벌여 형님께 남경의 번왕으로 인정받아서 이곳을 다스리는 게 낫지 않겠는가?"

"태상황의 성정이라면 분명 원한을 품고 황상을 죽이려 들 것이옵니다."

"형님께서 정말 그렇게까지 하실까? 짐이 황위에 오른 건 어디까지나 풍전등화에 처한 나라를 지키기 위해 행한 일이 아니었던가."

"태상황은 그런 대국적인 판단을 할 능력이 없습니다. 분명 어떻게든 트집을 잡으려 할 것이옵니다."

"일단은 경사 쪽의 입장이 전해지면 그때 맞춰서 대응하도록 하지. 그대도 피곤할 테니 오늘은 물러나 쉬게나."

"예, 신은 이만 물러나겠사옵니다."

그렇게 주기옥이 고민에 빠져 시간을 보내던 와중에, 한 달이 지나자 북경에서 보낸 칙사가 남경에 도착해 칙서를 전달했다.

그 내용을 적당히 요약하면 다음과 같았다.

— 천고의 역적 주기옥이 관료들을 포섭해 황제의 친정을 뒤에서 남몰래 부추겼고 군대의 보급을 제대로 하지 않아 이적에게 대패하게 했으며, 결국 스스로 천자의 자리에 올랐으니 역적 주기옥과 가짜 천자를 옹립한 대역죄인들은 스스로 죄를 청해 북경으로 출두하라.

언뜻 보기엔 칙서의 내용은 정중하긴 하나 자세하게 속뜻을 풀어보면 원색적인 비난으로 가득 차 있었다. 상상했던 것 이상으로 어처구니없는 칙서의 내용에 주기옥은 분노했고, 우겸과 다른 대신들 역시 황당함을 금치 못했다.

경태제는 편전에 모인 대신들 앞에서 말했다.

"허, 정녕 병부상서가 일전에 했던 말이 맞았노라. 형님… 아니지, 암군 기진(祁鎭)은 정녕 제정신이 아니다. 내가 그의 친정을 부추겼다고? 그 수많은 군사를 멋대로 데리고 나가 참패해 나라가 망할 뻔하게 해놓고 감히 짐의 탓을 해? 이제부턴 그를 내 형제나 태상황으로 대우하지 않겠다."

이부상서 왕직이 그런 경태제에게 답했다.

"신이 최근 사람을 부려 북경의 소식을 알아보니, 태상황은 정사를 조선 왕에게 맡겨두고 향락에 빠져 있다고 하옵니다."

"허, 역시 천성은 변하지 않았구나. 저런 암군의 충신이라고 믿어 의심치 않던 과거의 짐이 부끄러워졌도다."

"또한 이적이 아직 완전히 물러난 게 아니옵고 산서성을 점령 중이라 하옵니다. 북쪽 조정은 전쟁 중에 많은 군사를 잃었으니, 저들이 트집을 잡아 토벌군을 보낸들 아국이 더 유리하옵니다."

"그런가. 이참에 우리가 군사를 동원해 선제공격하고 암군을 제위에서 몰아내는 건 어떻겠는가?"

그러자 병부상서 우겸이 경태제에게 고했다.

"황상, 단순 병사의 수로만 비교하면 아국이 유리하긴 하나 지난 경사의 전투 당시 제일 정예군이라 할 수 있던 남경의 군사들을 잃었습니다. 게다가 내전이 벌어지면 이적이 개입할 만한 빌미가 생깁니다. 또한……."

"다른 이유가 더 있는가?"

"경사엔 달자를 몰아낸 조선의 정예병이 주둔 중이옵니다. 지금 아국의 전력으론 그들에게 상대가 되지 못할 듯하옵고, 이런 상황에서 섣불리 움직여 적을 늘리는 것은 좋지 못합니다. 그러한 연유로 당분간은 장강에 방위선을 두고 수비에 전념하는 게 최선의 수라 할 수 있겠사옵니다."

"그렇군. 짐도 이런 상황에선 조선과 척을 지긴 싫다."

"또한 근래 퍼진 소문을 듣자 하니 조선의 왕 이향은 일당
백의 용장이라고 하옵니다. 왕의 신분이면서도 직접 전장에
뛰어들어 이적 수백 명을 참살하고 태상황을 구해냈고, 자금
성 앞에서 벌어진 전투에선 선두에 서서 이적의 왕을 거의 사
로잡을 뻔했었다고 하옵니다."

우겸의 말을 들은 남경의 대신들은 놀라 웅성대는 소리를
내었고, 경태제 역시 감탄하며 말을 이었다.

"허, 그런 무용을 지닌 이가 제후국의 왕이고 천자에게 충
성을 다하다니, 암군 기진은 정말 천운을 타고났구나. 차라리
그를 짐에게 신종하게 만들 방법은 없겠는가?"

"아무래도 지금의 명분상 그러긴 힘들 듯하옵니다. 차라리
조선 본국에 따로 사신을 보내 양국 간 불가침의 의사를 밝히
고 따로 교류를 이어가는 게 최선일 듯하옵니다."

"그런가……. 참으로 아쉽게 되었구나. 정녕 그 방법밖에 없
겠는가."

주기옥은 친왕 시절에 보여주었던 조선의 호의 덕에 나름
건강해졌고, 조선의 왕에게 항상 고마운 마음을 품고 있었다.

그렇게 잠시 고민에 빠져 있던 주기옥은 잊고 있었던 것을
떠올렸다.

"그러고 보니, 아국에게 제일 필요한 것을 잊고 있었노라.

조선과 교류는 선택이 아닌 필연적이로다."

우겸은 자기가 놓친 것이 있는지 의아해하며 경태제에게 질문했다.

"황상, 대체 어떤 것을 이르시옵니까?"

"미당이 필요하네."

그러자 관료 대부분은 내심 황제의 말에 동감하며 고개를 끄덕였고, 우겸은 황당한 표정을 감추지 못했다.

　　　*　　　　　*　　　　　*

아마 지금쯤이면 내가 남경에 보낸 칙서가 도착했겠지? 그걸 받아 든 경태제의 표정이 어떨진 쉽게 짐작이 간다.

내가 황제 주기진에게 패전은 네 잘못이 아니라 사특한 마음을 품은 주기옥과 우겸 같은 역심을 품은 이들의 잘못이라고 꼬드겼고, 역사에 길이 남을 졸전과 패전을 겪은 주기진은 역시나 내 말에 넘어와 자신의 책임을 회피하고 자기합리화를 하며 남 탓을 했다.

결국 주기진은 남경에 내가 작성한 칙서에 임시 옥새를 찍어 보내게 했다. 원래 옥새는 경태제가 남경으로 가지고 간 거 같더라.

남북조의 갈등이 조장되어 둘로 갈라지게 하는 게 내 계획이니, 지금까진 아주 잘 되어가고 있다고 할 수 있었다.

그러던 와중 에센에게 보낸 사신이 다시 돌아왔고, 그는 내 제안대로 화의에 긍정적인 의사를 표했다고 한다.

그러나 에센은 점령 중인 산서성을 그대로 아국의 영토로 하겠다고 고집을 부렸다. 난 이 일을 해결하기 위해 포로인 에센의 의형제인 소로에게 도움을 청했고, 소로는 에센에게 보내는 편지를 써서 내게 주었다.

소로가 편지에 적길, 양측이 직접 만나서 담판을 벌이자고 했으니 이 편지가 다음에 출발할 사신을 통해 전달되면 난 에센과 직접 대면할 수 있을 듯하다.

난 그렇게 명 조정의 일에 치여 바쁘게 지냈다. 시간은 빠르게 흘렀고 해를 넘겨 1448년의 봄이 시작될 무렵, 황제가 날 저녁 식사 자리로 초대했다.

최근 내게 내릴 번왕 지위에 대해 논의 중이었는데, 따로 할 말이라도 있는 건가?

"황상, 수심에 잠기신 듯 보이시는데 무슨 일이라도 있으신 겁니까?"

주기진은 식사 내내 심각한 표정을 짓고 있었고, 그의 부인인 황후 전씨는 몸이 불편한 듯 젓가락질을 잘하지 못해 궁녀들의 시중을 받아야 했다.

"아, 그것이……."

주기진이 황후를 바라보며 미안한 표정을 지었고 황후는 수심에 잠겨 있었다. 난 그런 전씨를 보곤 질문했다.

　"황후마마, 혹여 어디가 불편하십니까?"

　전씨는 내 물음에 오히려 내게 손사래를 치며 황망한 표정으로 공손하게 답했다.

　"아니에요. 전 황상께서 돌아오신 것만으로도 행복할 뿐이에요. 언제나 폐하를 구해주신 은혜에 감사하고 있어요."

　그러자 주기진이 내게 말했다.

　"황후는 짐이 이적들의 손아귀에 있는 동안 매일 짐의 무사 귀환을 빌며 단식 치성을 드리다가 몸이 불편해졌다고 하네. 짐은 그런 사정도 모르고 며칠 전까지 황후를 멀리했었다네."

　"그렇사옵니까? 신이 황후마마께 아국의 제일가는 명의를 보내 드리지요."

　"배려 고맙네. 지금 조정엔 남은 의원들이 없어서 내자의 병세를 제대로 살펴줄 실력을 갖춘 이가 없었네."

　"대국 황후의 신변을 살피는 것 또한 신의 의무이옵니다. 앞으론 편하게 말씀하소서."

　"내 그대에게 항상 배려만 받게 되니, 어떻게 보답해야 할지 모르겠어."

　하긴, 북경에 남아 있던 어의들은 경태제를 따라갔을 테고 널 따라갔던 의원들은 오이라트에 투항했으니. 더군다나 날 따라온 어의들까지 조정 밖에서 북경의 백성들을 돌보느라 몸이 몇 개가 있어도 모자란 상황이니 부를 만한 의원이 있을 리 없었겠지.

그건 그렇고, 주기진의 표정을 보니 내게 뭔가 상담을 하고 싶은 듯 보인다.

"황상, 신에겐 편히 말씀하셔도 됩니다. 흉중에 품고 계신 것을 편히 내보내시지요."

"아, 역시. 자넨 짐의 마음을 잘 알아주는군. 그렇지 않아도 털어놓고 싶은 게 있었는데, 그대가 먼저 알아주니 편히 이야기하겠네."

"무슨 고민이라도 있으신 겁니까?"

"그래, 이런 건 왕 태감에겐 털어놓을 수 없는 문제라…….
정궁(正宮), 잠시 둘만 있게 해주겠소?"

주기진이 그의 아내에게 양해를 구하자, 황후는 궁녀들의 부축을 받아 자리에서 일어났다.

"예, 소첩은 이만 물러나겠사옵니다."

대체 문제가 뭔데 아내도 내보내고 제일가는 딸랑이인 왕진에게도 못 꺼내?

"황상, 편히 말씀해 보소서."

"실은, 짐이 이적의 추장 에센에게 잡혔을 때……."

뭐 안 좋은 일이라도 당했어?

내가 진지한 표정으로 가만히 듣고 있자 주기진은 다시금
말을 이어갔다.

"내 여인들을 에센에게 **빼앗겼노라**."

"그렇사옵니까? 그럼 신이 황상의 여인들을 되찾아오길 바
라시는 것이옵니까?"

"아니다. 이젠 이족들의 아내가 된 여인은 필요 없노라."

이건 또 무슨 소리야?

"에센 그놈은 내가 보는 앞에서 내 여인들을 범하곤 자기
부하들에게 멋대로 나눠 주었다. 그러곤……."

주기진은 그때의 일이 생각나는지 차마 말을 잇지 못했다.

아아, 대충 무슨 사정인지 알 것 같군.

"황상, 혹여 그때의 일이 기억에 강하게 남아 잠자리가 원활
하지 않으시옵니까?"

그러자 주기진이 놀란 듯 내게 반문했다.

"그걸 어떻게 알았나?"

"그것은 일종의 심병이옵니다. 황상께서 노력하신다면 신의
도움을 받아 극복이 가능하니 염려 마소서."

궁에 돌아오자마자 미친 듯이 여자를 찾은 건 잃어버린 남
성성을 회복하려는 몸부림이었구나. 솔직히 병신 같지만, 공감
이 갔고 어찌 보면 안쓰럽기도 해서 내심 동정이 간다.

"그럼 짐이 어떻게 하면 되겠는가? 마음 같아선 에센 그놈

을 당장 찢어 죽이고 싶다만."

"우선은 분노를 가라앉히고 마음을 편하게 가지는 게 중요하옵니다. 그리고 언젠간 복수할 날이 오게 될 것이옵니다. 그러니 신을 믿어 주시옵소서."

"자네의 말은 여태껏 틀린 적이 없었으니, 믿고 있겠네."

아니, 사실은 그럴 생각 없어. 그보다 지금은 아픈 네 아내부터 챙겨야 할 때다.

"황후마마 역시 의원과 제 도움이 필요할 듯하니, 두 분이 같이 따로 시간을 내서 제게 양생법을 배우는 게 좋을 듯합니다."

황후는 언뜻 보기에 영양실조로 인해 근육 쪽에 문제가 생긴 다음 회복이 덜 된 것 같은데, 지금 의학 수준으론 적절한 보양식을 섭취하고 운동을 병행해서 치료하는 방법뿐이겠지.

"지금 우리 내외에게 도움이 될 만한 양생법이 있는가?"

"예, 황상께선 이 방법으로 하체를 단련하면 누구에게도 지지 않을 음양 합일의 전문가가 되실 것이옵니다."

그래, 내 몸으로 이미 끝내주게 효과를 본 양생법이 있지. 주기진, 스쿼트의 세계에 입문하게 된 걸 환영한다.

*   *   *

정통제 주기진은 내게 스쿼트를 배우게 되었고, 난 상대가 황제인 만큼 그간 쌓인 경험을 이용해 퍼지지 않게 세심하게 횟수를 조절하며 휴식을 병행해 매일 1각씩 운동을 시켰다.

난 주기진에게 당분간 여자와 잠자리를 멀리할 것을 당부했고, 주기진도 그게 잘 안 되는 걸 아니 순순히 내 말에 따랐다.

황후 전씨는 조선의 어의들이 나서서 침과 지압으로 근육을 자극하며 적당한 약재와 음식을 병행해서 치료하니, 굳어 있던 근육이 조금씩 풀리는 듯 뻣뻣한 움직임이 자연스러워지고 있었다.

내가 볼 땐 이렇게 치료를 계속하면서 재활 운동을 병행하면 완치까진 아니라도 일상생활은 가능할 듯싶었다.

그렇게 전씨가 운동할 정도로 몸이 회복되자 황제 내외가 같이 모여 내게 단련을 받게 되었다.

그 와중에 물리적인 거리가 가까워진 부부는 내가 보기에도 마음의 거리도 가까워진 듯 보였다. 서로 눈을 마주칠 때마다 뭔가를 주고받는군.

황후 전씨는 생전 처음 하는 스트레칭과 몸풀기 운동에 익숙하지 않은지 헤매면서도 남편과 웃음을 주고받는 게 정말 행복해 보인다.

"허억, 허억⋯⋯."

스쿼트 30회씩 3세트를 마친 주기진이 주저앉아 숨을 고르고 있기에 난 적당히 칭찬해 주었다.

"오늘도 노고가 많으셨습니다. 이젠 황상의 보체(몸)가 서서히 체굴법에 적응한 듯싶습니다."

그러자 가쁜 숨을 내쉬던 주기진이 내게 웃으며 말했다.

"그런가? 그래도 휘지를 따라가려면 멀었네."

"황상께서 정진하시면 곧 능가하실 수 있을 겁니다."

"하하, 정녕 그랬으면 좋겠군."

난 스트레칭 위주로 운동을 마친 황후에게 말을 건넸다.

"황후마마께선 지금처럼 하시면 됩니다. 다만, 유의하실 건 불편하신 오른팔과 다리만 신경 쓰실 게 아니라 반대쪽 역시 균형을 맞춰서 근력을 키우셔야 합니다. 내일부턴 새로운 도구를 준비하도록 하지요."

"예, 명심할게요."

내가 이렇게까지 주기진과 전씨에게 신경 쓰는 건 별다른 게 아니라, 역사가 틀어져서 그런지 주기진의 슬하엔 아직 아들이 없어서 그렇다.

지금 1447년 말에 태어났어야 할 훗날의 성화제 주견심은 태어나지 못했고, 그의 생모인 후궁 주씨도 오이라트에 잡혀가거나 난리 통에 죽은 듯 행방이 묘연했다.

주기진이 정사에 관심 없이 향락에 빠져 지내는 것은 나로

선 환영할 만한 일이지만, 이대로 후계자 하나 없이 멋대로 살다가 건강이 악화되어 죽어버리면 곧장 남명의 경태제가 정통성을 내세워 중원을 장악하려 할 테니 그런 일만은 피해야지.

내 개인적으론 아버지를 운동시킬 때보다 신경 쓸 게 많아서 그런지 그때보단 배로 힘든 듯하다.

이런 걸 보면 내관들도 고충이 컸겠어. 군주의 비위도 맞추면서 건강도 세심하게 신경 써야 하고, 합궁에 신경을 써 후계자 구도까지 판을 짜야 하니 말이야.

내가 그런 생각에 잠겨 있을 때, 왕진이 궁녀들을 대동하고 땀을 씻을 천과 시원한 음료를 가져왔다.

"황상, 오늘도 노고가 많으셨습니다. 신이 시원한 것을 준비해 두었사옵니다."

주기진은 전씨와 함께 궁녀들의 시중을 받으며 내가 왕진을 시켜 만들게 한 경구 수액을 벌컥벌컥 들이켜곤 소리치듯 말했다.

"크으, 양생법을 마치고 들이켜는 이 수액이란 거, 정말 몸에 스며드는 듯한 기분이니라."

주기진이 급하게 수액을 들이켜느라 흘러내린 수액이 턱과 수염을 전부 적시자 전씨가 그의 하관을 조심스레 닦아주었다.

"고맙소, 정궁."

주기진이 그윽한 눈빛으로 바라보며 전씨에게 감사를 표하자 그녀는 수줍게 웃으면서 남편을 바라보며 답했다.

"신첩이 당연히 해야 할 일이옵니다."

허, 이젠 둘만의 세계에 빠졌네. 이젠 적당한 시기를 봐서 합궁해도 될 듯한데?

그러자 둘을 지켜보던 왕진이 내게 작게 속삭였다.

"전하, 대체 비결이 무엇이옵니까?"

"무슨 비결 말인가?"

"소관이 황상을 십 년 넘게 모셨지만, 어느 여인 앞에서도 저런 표정을 보이신 적이 없사옵니다."

원래 소중한 사람은 곁에 있을 땐 그 소중함을 모르지. 예전의 나처럼. 내가 미래를 알게 되어 미처 모르고 있던 사랑을 깨달았던 것처럼, 주기진도 진정 자신을 아껴주던 아내의 진가를 이제 알게 된 것뿐이야.

"그런가. 그냥 본국에서 하던 대로 했을 뿐인데, 잘되었나 보군."

이젠 방해만 될 테니 둘만 있게 해줘야겠군. 내가 왕진에게 눈짓하자 왕진은 곧바로 궁녀들을 내보냈다.

"황상, 신들은 이만 물러가겠습니다."

"알겠네."

그렇게 나와 왕진이 황제의 처소 밖으로 나오자, 왕진이 내게 물었다.

"전하, 조선의 내관들은 어떤 교육을 받사옵니까?"

"글쎄, 거기까진 고가 신경 쓰지 않아 잘 모르겠군. 그건 왜 묻는가?"

"전하의 내관 김처선이란 이를 보니, 아국의 내관들이 본받을 점이 많아 보여 그렇사옵니다. 또한 근래에 전하께서 황상을 모시는 것을 보니 소관이 어심에 대해 미처 모르고 있던 것이 많은 듯하옵니다."

난 왕진의 말을 듣곤 뭔가가 떠올라, 제안을 꺼냈다.

"그럼, 나중에 처선에게 신임 내관들을 보내게. 자네가 바라는 대로 교육하라고 일러두겠네."

"정말 그래도 되겠사옵니까?"

"그래."

처선아, 미안한데 여기서도 고생 좀 해줘야겠다. 그 대신 마음대로 다루는 걸 허락하마.

"그럼, 소관이 새로 모집한 화자(火者, 어린 내시)들을 그에게 보내도록 하지요."

그건 그렇고 난 전부터 궁금하던 것을 왕진에게 묻기로 했다.

"금군의 대장이던 번충의 행방은 어찌 되는지 아는가?"

본래 역사에서 왕진은 번충에게 맞아 죽었다. 그런 내 질문은 바로 왕진이 어떻게 죽지 않고 살아났냐는 의미기도 하다.

내 질문을 들은 왕진의 표정이 잠시 일그러졌지만, 금세 평정을 찾고 내게 공손하게 대답했다.

"그 역신의 행방은 어째서 찾으시옵니까?"

역신이라고? 번충은 원 역사에선 왕진을 때려죽이고 정통제 주기진을 위해 적의 추격을 막다가 죽었다고 했었는데, 지금은 달라진 건가?

"지금 금의군을 맡을 만한 인물이 없어 아조의 도원수 이징옥이 그 자리를 맡고 있지 않은가. 전임자의 행방이 궁금해서 물었네."

이징옥은 일전에 에센의 의형제 소로를 정통제의 눈앞에서 때려눕힌 공과 여러 전공을 인정받아 금군의 책임자 겸 북직례(北直隷, 수도 인근 지방)의 도지휘사가 되었다. 오히려 너무 과한 벼슬을 내린 게 아닌가 싶어 내가 황제를 말렸지만, 그의 의지는 확고부동했다.

"그 역신은 토목에서 소관을 죽이려 들었사옵니다."

"그런가? 그럼 자네는 어찌 무사할 수 있었지?"

"그때, 황상께서 친히 소관을 감싸 보호해 주셨사옵니다. 그러자 역신 번가 놈은 가증스럽게도 그대로 무기를 버리고 이적에게 투항했사옵니다."

아아, 그래서 이징옥의 성정을 파악하고 그를 신뢰해서 금군의 대장직을 준 거였나? 구출 당시 나와 왕진 말곤 아무도 신뢰할 수 없다고 말하더니, 그런 이유였구나. 이러다 나중엔 금군 대장을 조선 출신만 뽑아 쓰는 선례가 남을지도 모르겠어.

"금군의 대장이란 자가 어찌 그럴 수 있단 말인가. 정말 어처구니가 없군."

주기진이 자기 몸으로 왕진을 구해주다니, 그것도 놀랍긴 하네. 이제 저 둘은 끝까지 떨어질 수 없는 사이가 되었구나.

"그렇사옵니다. 소관이 시국이 좋지 못해 참고 있지만, 정국이 안정되는 대로 배신자와 역신의 구족을 찾아 전부 멸할 것이옵니다."

이건 내가 직접 관여하기도 그렇고, 유교 명분적으로도 말릴 수 없는 애매한 문제네. 이 부분은 가뜩이나 힘겹게 유지 중인 북명 조정이 흔들릴 수 있는 문제니, 나중에 설선이나 석형을 움직여서 마음대로 하지 못하게 견제해야겠어.

"그 전에 이적부터 완전히 몰아내야겠지."

"이적 문제는 전하께서 해결해 주시리라 믿어 의심치 않고 있사옵니다."

내가 네 권력을 확고히 해줄 것으로 생각하고 있는 건가? 안됐지만, 네가 독주하던 시대는 끝났어. 앞으론 석형과 설선이 네 대항마가 되어줄 거다.

"고가 알아서 할 테니, 자넨 황상께서 시름을 겪지 않게 잘 모시게."

또한 왕진은 내가 한 말의 의미를 잘 알고 있을 것이다. 지금 명 조정에선 그 누구도 황제가 다시 정사에 관여하는 걸 바라지 않는다. 심지어 설선 같은 유학자들마저 말이다.

"그것이 소관에게 주어진 업이옵니다. 안심하고 맡겨주시옵소서."

그래, 넌 황제를 잘 챙겨라. 난 이제 에센을 만나러 가야 하니.

*　　　　*　　　　*

난 사신을 통해 에센에게 그의 의형제인 소로의 서신을 전달했었고, 전후 협상을 위해 친견하자는 답장을 얼마 전에 받았기에 내 수행원과 군대를 이끌고 산서성과 북직례의 경계이자 북경 남서쪽에 위치한 석가장(石家庄, 옛 상산)에서 에센을 맞이했다.

석가장 정형현의 평원에서 양측의 군대가 대치한 가운데 중간지점에 회견 장소인 천막이 완성되었고, 서로 함정이 없는지 확인하는 절차를 거친 후 사전에 합의한 대로 수행원 하나 없이 난 에센과 단둘이 정식으로 대면할 수 있었다.

에센은 나처럼 만일의 사태에 대비한 듯 가슴에 늑대의 문양이 새겨진 푸른색의 철피갑을 입은 채 자리에 앉았다.

그는 날카로운 눈매와 매부리코, 그리고 차갑고 무감정한 듯한 인상이 겹쳐 웬만한 이들이라면 바로 위압당할 만한 기세를 지녔다.

"이렇게 정식으로 대면하는 건 처음이군. 고가 바로 조선의 왕이다."

그러자 에센은 내가 입고 있는 어갑을 위아래로 살펴보곤 눈살을 조금 찌푸리며 명국 말로 답했다.

"정말 귀측이 조선의 왕인가?"

"그렇다. 고가 바로 조선의 왕이자 명의 병부상서인 휘지다."

그러자 에센은 나름 편한 자세를 취하며 의도한 듯 거만한 태도로 내게 말했다.

"그렇군. 나는 에센, 대초원의 칸이다."

"귀하가 칸이라고? 타이순 칸이 언제 자리에서 물러났지?"

"우리 쪽 사정에 꽤 밝은 모양이군. 운 좋게 혈통만 타고난 멍청이는 칸의 자격이 없다. 내가 바로 진정한 칸이다."

"황금 씨족도 아닌 타이시가 칸이 될 순 없지."

"시대가 바뀌었다. 칸이라고 부르라."

"정식으로 칸의 자리에 오르면 그렇게 불러줄 수도 있지만,

공식 석상에서 귀하를 칸으로 부르면 명과 조선 양국 조정이 정식으로 칸으로 인정하는 게 되니 그럴 수 없다."

"그럼 마음대로 부르던지."

"칸의 호칭에 그리 집착할 만한 이유가 있나? 그대는 이미 원국의 실질적인 군주이건만."

"나야말로 묻고 싶은 게 있는데, 어째서 그 멍청한 얼간이를 폐위시키지 않았지? 귀측이야말로 중원의 황제가 될 기회가 아니었던가?"

이 자리에 사관이 동행하지 않은 것은 이미 알고 있지만, 지난 자금성 전투 때 병사를 가장해 사관이 한 명 끼어 있던 것을 나중에 알게 되었다. 그런 이유로 혹시 몰라 다시 한번 주변을 살피곤 그의 말에 답했다.

"단지 허울뿐인 자리에 집착해 파멸할 수는 없지."

"그게 무슨 뜻이지?"

"만인에게 인정받지 못한 채 스스로 황제라고 칭해봐야 돌아오는 건 반란뿐이란 거다."

"하, 알고 보니 형편없는 겁쟁이였군. 지난 무예가 아깝구나."

자금성에서 내게 겁먹고 도망친 건 누구였더라?

"내가 장담하지. 귀하는 이대로 칸을 사칭한다면 5년 안에 목숨을 잃게 될 것이다."

에셴은 갑작스러운 내 말에 분노한 듯 주먹을 불끈 쥐곤 부르르 떨었지만, 내게 덤벼봐야 이길 수 없는 걸 알고 있는지 잠시 후 조용히 주먹을 내렸다.

"회견은 여기까지다."

"아니, 이제부터지. 그대로 앉아서 들어라."

"진정 전쟁에서 승리했다고 생각하나? 내 말 한마디면 달려올 초원의 전사들은 아직 많다."

"정말 그럴까? 타이순 칸이 병사를 모아 널 벼르고 있는 데다, 한 번의 패전으로 병력의 절반 이상을 잃은 그쪽이 뭘 할 수 있다고? 설마 귀하에게 복속한 후룬이나 눈치만 보고 있는 우량카이나 코르친 같은 야인 놈들을 믿고 그러는 거라면 실망인데."

"……."

"그리고 모르고 있었나 본데, 남하한 후룬의 병사는 요동 총병관 조의에게 산해관에서 패해 얼마 전에 물러났다. 또한 요동 일대와 북쪽에 거주하던 우량카이나 코르친 같은 야인들은 얼마 전 고와 황상께 충성을 맹세하는 서신을 보냈노라."

에셴은 후룬 일파의 패전 소식을 모르고 있었는지 잠시 눈썹을 찌푸렸고, 뭔가 생각에 잠긴 듯 침묵했다.

나도 자세한 이유는 모르겠지만, 요동 근처에 살던 야인들이 일제히 황제에게 보내는 형식을 빌려 내게 충성을 맹세하는 서신을 북경으로 보냈다.

전쟁이 끝나면 이기는 쪽에 붙으려 사정을 보고 있던 모양인데, 전쟁의 승자를 우리 쪽으로 판단했는지 겨울이 끝나자 수많은 서신이 도착했었지.

그러자 한동안 침묵하던 에센이 말을 꺼냈다.

"그런가. 강자에게 복속하는 건 자연스러운 일이니 어쩔 수 없군."

지금 나 들으라고 한 소리였나?

"무슨 뜻이지?"

"말 그대로다. 난 중원인같이 돌려 말하지 않는다. 그놈들이 널 북방의 패자로 인정했다는 뜻이다."

"그런가. 칭찬 고맙군."

"나 에센도 귀측의 강함은 인정하지만, 우리가 힘들게 싸워서 얻은 이 땅은 돌려줄 생각 같은 건 없다. 만약 가져가고 싶다면 힘으로 뺏어보아라."

흠, 이제부터가 진정한 협상의 시작이군. 이때를 위해서 명나라 조정 관료들과 미리 이야기를 마쳤고, 우리 사장님 주기진에게도 전권을 얻어서 나왔다.

"식량 때문에 산서성을 포기할 수 없는 거라면 다른 땅을 내어주겠다. 그러니 마지막으로 선택할 기회를 주지."

"어딜 제시할 것인지 듣고 판단하겠다."

"섬서성 서쪽 일대의 땅을 내어주지."

내 말을 들은 에센은 인상을 찌푸리며 답했다.

"거긴 이미 우리가 실질적으로 영유하고 있는 땅이다. 지금 나와 말장난을 하자는 건가?"

에센은 명나라 침공 전 천산 인근을 정벌해 그 일대를 장악했었기도 하다.

"물론, 그것만으로 넘어갈 생각 같은 건 없다. 감숙 인근의 농사지을 만한 경지도 일부 할양하고 귀물이 나오는 장소를 알려주지."

"내가 알기론 거긴 온통 산뿐인데 농지가 있다고? 그리고 귀물이라니, 금이라도 나오는 건가?"

"아니, 소금이다."

에센은 내 말에 놀란 듯 반문했다.

"뭐라고?"

감숙의 동쪽 고산지대엔 소금 호수인 청해호가 있거든. 너희에게 식량만큼이나 절실하게 필요한 건 바로 소금이지.

제7장
광무

　그 후 에센과의 협상은 내가 제시한 청해호와 인근의 여러 소금 산지 때문에 순조롭게 진행되었고, 그 와중에 에센은 내게 소금에 대해 여러 가지 질문을 했다.

　난 그런 에센의 질문에 아는 선에서 적당히 답해주며 일차적으로 협상을 마쳤고, 이후 실무자끼리 협상을 이어가기로 합의했다.

　에센은 자리에서 일어나며 내게 물었다.

　"내가 5년 안에 죽을 것이란 말, 그건 도발이 아니라 진심이었나?"

난 자리에 앉은 채로 에센을 바라보곤, 진심을 담아 답했다.

"어디까지나 칸을 자칭한다는 가정하에 한 이야기다. 귀하가 다른 길을 선택한다면 다른 미래가 기다리고 있겠지."

그러자 에센은 다시 자리에 앉았고, 오른손으로 턱을 괴며 내게 물었다.

"대체 어떤 길을 말하는 거지?"

"칸이나 황제 같은 자리는 적법한 이가 그 자리에 있는 것만으로 다른 이들의 욕망을 통제하는 억제 장치가 되지."

"타이순 칸 보르지긴을 살려두고 계속 이용하란 말인가."

"이해가 빠르군."

"아니, 이해가 가진 않지만 나를 이긴 귀측의 조언이니 이해하려고 할 뿐이다. 본래 귀국과 동시에 그놈을 죽일 계획이었는데, 그렇게까지 충고하니 참고하겠다."

"그런가? 이제 고가 우호의 의미로 귀하에게 선물을 주고 싶은데, 받아주겠는가."

"우호의 뜻이라면 받아들이겠다."

난 에센에게 양해를 구해 바깥에 신호를 보내 사람을 들였고, 에센 역시 그사이에 호위병을 불러 만일의 사태에 대비했다.

거참, 어차피 둘만 있을 때도 내가 그럴 마음만 먹었으면 죽은 목숨이나 다름없었는데, 왜 저리도 소심하게 굴어?

에센은 내가 준비한 선물이 담긴 나무 상자를 열어보곤 내게 말했다.

"조선제 흉갑인가."

"그래, 고(孤)가 입고 있는 갑옷과 비슷한 거지."

에센에게 준 선물은 내금위가 입는 판금 흉갑이었다.

"이걸 내게 주는 의미가 뭐지?"

"귀하가 천수를 누리길 기원해서."

"하하하!"

그러자 에센은 갑자기 웃음을 터뜨렸고 그의 웃음은 한동안 멈추지 않았다.

"크크큭, 알고 보니 나와는 비교조차 할 수 없는 욕망을 지니고 있었군. 귀측을 겁쟁이라고 착각해서 미안하네."

에센이 내 선물의 의미와 내 목적을 파악한 듯한데? 에센이 오래 살아줘야 오이라트가 북명의 실질적인 위협으로 남아 북명 조정이 조선에 의존할 수밖에 없어지며, 적절한 삼국 간의 대립 구도가 완성된다. 그리고 난 그들 위에서 실세로 군림할 것이다.

"그저 순수한 호의일 뿐이네. 그건 옷 안쪽에 숨겨서 입는 걸 추천하지."

"그렇게 하지. 그런데 후회하지 않겠나? 지금은 어쩔 수 없이 굴복한다만, 내게 채운 목줄이 언제 다시 끊어질 줄 알고?"

"진정한 칸이 되어 나와 대등해지고 싶다면 테무친과 수부타이의 업적부터 뛰어넘어라."

"그게 무슨 뜻이지? 만인에게 칸으로 인정받는 것에 중원의 패자 말고 다른 길이 있는 건가."

"이 세상은 귀하가 알고 있는 것보다 넓다. 천산을 넘어 서역엔 수많은 왕국이 있노라. 명장 수부타이의 군대는 그들 중 극히 일부밖에 굴복시키지 못했고 결국 물러나야 했지."

"나도 잘 모르고 있던 우리의 옛이야기를 잘 알고 있군."

"옛 역사는 전쟁에 도움이 되니까."

"크큭, 그런가. 나도 공부란 걸 해봐야겠어."

난 마지막으로 에셴에게 작별의 인사를 건넸다.

"그럼 언제 다시 보게 될지 모르지만, 장수하길 기원하네."

"그래, 살아남아서 언젠가 다시 만날 날을 고대하고 있겠다. 그땐 지금과는 다른 모습으로 만나길."

그렇게 나와 에셴의 만남은 끝났고, 명국 대표로 나온 서유정과 황제에게 벼슬을 받아 북경의 새로운 실세 중 하나로 떠오른 한명회가 오이라트의 실무자들과 만나 세부적인 협상에 들어갔다.

* * *

그렇게 오이라트와 협상을 끝내자 오이라트군이 순차적으로 산서성에서 물러나기 시작했다.

그사이 내가 북경으로 귀환하자 주기진은 길었던 전쟁을 마무리한 내 공을 치하했으며, 종전까지 잠시 미뤄두었던 새로운 왕 작위를 받게 되었다.

에센이 약탈했던 전리품 대부분을 빼돌려 조선으로 보낸 탓에 북명의 재정 상황은 좋지 않았었는데, 어느새 내가 모르는 방법으로 충당한 듯 성대한 번왕 책봉식이 자금성 태화전(太和殿)에서 열렸다.

주기진은 오래간만에 공식석상에 모습을 드러내 내게 새 직첩과 인수를 수여하고, 정식으로 새로운 왕호를 수여했다.

"짐은 조선의 왕 이향에게 지난 전란에서 세운 공을 기려 새로운 왕호를 내리려 한다. 오랑캐로부터 나라와 짐을 구한 공으로 광(光) 자와 전장에서 세운 무공과 전란을 끝낸 공으로 무(武) 자를 사용해 새로운 왕호는 광무(光武)로 정했으며, 그를 산동의 번왕으로 임명하여 짐 대신 조선 북방의 야인들을 통치할 권한을 내리노라."

그러자 책봉식에 참여한 조선의 신하들과 명국의 관료들은 환호하듯 천세를 외쳤다.

이징옥이나 최광손, 그리고 성삼문 같은 이들은 감격했는지 눈물이 살짝 맺힌 듯하고, 한명회와 남빈같이 감정을 잘 드러내지 않는 이들도 평소와는 다르게 열광하는 듯한 표정을 지었다.

이건 내 예상을 뛰어넘은 결과인데? 후한 광무제 유수(劉秀)와 같은 왕호를 받은 것도 모자라 산동 전부를 내 영지로 내려주겠다고? 이건 단순히 고마운 마음으로 결정한 게 아닌 것 같은데, 분명 다른 의도가 있겠군.

주기진은 나름 뿌듯한 표정으로 마치 칭찬해 달라는 듯 나를 바라보았고 난 주기진에게 감읍하며 고개를 숙였다.

"황은이 망극하옵니다."

"새로운 왕호가 마음에 드는가? 내 그대에게 어울릴 만한 왕호를 만들기 위해 고심하였노라."

"황상께서 신이 세운 공에 비해 분에 넘치는 왕호와 영지를 내리신 듯하옵니다."

"그댄 여전히 겸손하기 그지없어. 사실 짐에게 여식이 있었다면 시집보내 내 친족으로 만들어 친왕으로 봉하고 싶었노라. 황실에 남아 있는 적령기의 여인이 없어서 아쉽기만 할 뿐이네."

"과찬이십니다. 신은 황상의 하해와 같은 은혜에 감읍할 따름입니다."

이제 나도 받을 건 받았으니, 슬슬 귀국에 대해 운을 떼어봐야겠네.

"황상, 아뢰옵기 송구하오나 신도 언젠간 귀국해야 하옵니다. 마음 같아선 언제까지고 황상을 곁에서 모시고 싶으나, 조선의 궁을 계속 비워둘 수는 없사옵니다."

"그래, 짐 역시 언제까지고 지금처럼 그대와 즐겁게 지내고 싶지만 언젠간 헤어져야 하는 것을 알고 있노라."

"그리되면 사정상 황상께서 내려주신 산동의 영지도 대리인을 내세워야 할 듯합니다."

내 말이 떨어지기 무섭게 주기진은 내게 미안한 표정을 지으며 말했다.

"사실 더 좋은 영지를 내려주고 싶었지만, 이적들과 남쪽 역도들의 위협이 끝나지 않았기에 어쩔 수 없이 산동을 줄 수밖에 없었네."

"신이 연유를 여쭈어도 되겠습니까?"

"자네도 알겠지만 대역죄인 우겸이 남경의 정병과 산동의 수군마저 전부 경사로 소집하여 패했고, 그 결과 남은 병사가 거의 없네."

"……."

생각에 잠긴 내 침묵을 오해한 듯 주기진은 미안한 표정을 지으며 변명하듯 내게 말했다.

"이는 조선의 도움을 받고자 어쩔 수 없이 선택한 일이었어. 졸지에 그대와 조선에 큰 짐을 씌워 미안하네. 언젠가 남쪽의 역적들을 몰아낸다면 다른 영지를 내려주겠노라. 이건 짐의 이름을 걸고 약조하지."

그러니까, 네 말은 산동에 남은 군사가 없으니 조선의 군대를 주둔시켜 만일의 사태에 대비해 달란 이야기네?

난 사실 일전에 요청했던 요동만 줬어도 기쁘게 받았을 텐데, 우겸이 나라를 구하기 위해 취했던 행동이 내게 더 큰 이득이 되어서 돌아오다니 정말 앞날은 모르는 거구나.

"황상과 나라를 지키는 건 신의 책무이옵니다. 부디 괘념치 마소서."

그래, 정말 고맙다. 이번 전쟁으로 거둔 이득이 차마 계산이 안 될 정도니. 그러고 보니 다른 명분도 하나 안겨주는군.

"황상, 이참에 산동의 수군을 재건하고 낡은 배들 대신 새로운 배를 만들어 황상께 바치겠습니다. 아무래도 선박 기술을 지닌 장인들이 필요할 듯하옵니다."

"어차피 그대에게 내린 영지니 자네가 전부 알아서 하게나. 수군 재건과 바다는 자네에게 맡기지."

난 기쁨에 겨워 표정을 숨기지 못할 거 같아 대답 대신 고개를 숙이며 예를 표했다.

정말… 내게 큰 명분이 생겼다. 지긋지긋했던 해금령은 이제 끝이다. 또한 명나라의 경험 많은 선원이나 커다란 정크선

들을 전부 합법적으로 내 것으로 만들 수 있다니, 정말 춤이라도 추고 싶은 심정이다.

내가 그런 생각을 하는 사이 주기진은 태화전에 모여 있는 관료들을 냉소적인 눈빛으로 훑어보곤, 내게 다시 말했다.

"그대마저 돌아가면 진정 짐이 믿을 이는 황후와 왕 태감뿐이로구나."

난 이쪽을 바라보며 해맑게 웃고 있는 한명회를 한 번 바라보곤, 주기진에게 답했다.

"한명회를 비롯해 몇몇 이들을 두고 갈 테니, 그들을 부리소서."

"정녕 그래 주겠나?"

"예, 신의 수하는 황상의 신하이옵니다. 부디 편하게 부리소서."

"고맙네."

내가 알기론 한명회는 북경에서 머물며 많은 인맥을 쌓았고, 황제에게 공성전 당시 성문을 연 공으로 정4품 우첨도어사의 벼슬을 제수받아 직제상 석형의 아래가 되어 공무를 수행하고 있었다.

이런 한명회를 그냥 국내에서 썩히긴 아깝지. 내 의지를 대행해 명국의 조정을 조율할 이가 필요하다.

한명회와 정창손같이 시국을 잘 보는 간신 기질을 지닌 이

들로 하여 명국의 일을 보게 하고 왕실의 인척인 일성군 정효전을 책임자로 두고 가면 되겠네.

본래 정효전은 타고난 성품이 강직하고 수양의 반란 당시 벼슬을 버리고 자살한 이다. 그런 정효전이라면 한명회나 정창손 같은 이들이 도를 넘어 폭주하지 못하게 제어가 가능할 것이다.

그렇게 책봉식을 마치고 처소로 돌아가려고 하는데 누군가 내게 접근했고, 내금위의 병사들이 그를 제지하자 그는 명국 말로 소리치듯 말을 걸었다.

"비천한 종이 광무왕 전하를 뵙고자 하옵니다. 부디 잠시 소인에게 전하를 알현할 기회를 주실 수 있사옵니까?"

난 손짓으로 내금위를 진정시킨 뒤에 상대를 관찰했다. 그는 머리에 천을 감고 있었고, 이국적인 큰 코와 철사같이 굵고 긴 수염, 그리고 밝은 색의 동공을 지니고 있었다.

책봉식에 회회인도 참여했었나? 이상하네. 지금 북경에선 이적에 대한 증오심이 하늘을 찔렀고, 에센은 인종을 가리지 않고 점령지에서 병력을 동원했기에 별의별 인종들이 포로로 잡혀 노역에 종사하고 있다.

개중엔 명국인에 의해 보복성 살인사건도 많이 벌어지고 있어서 큰 문제다. 어떤 남자는 조선군이 죽 끓여 먹으라고 준 건병을 흉기처럼 이용해 노역 중이던 이적을 살해하기도

266 내가 바로 세종대왕의 아들이다

했었다.

"그대는 누군데 고의 책봉식에 참가했는가?"

"예, 전하. 소인은 머나먼 서역의 첩목아 왕국(帖木儿 王國)에서 온 사신인 아합마(阿合馬)라고 하옵니다."

잠깐, 첩목아면… 티무르 제국 말하는 거 아닌가? 거기서 지금 시기에 명으로 사신을 보냈다고?

"그대는 울루쿠 베크의 신하인가?"

내 회회식 발음을 들은 아합마는 놀란 표정을 지으며 답했다.

"전하께선 이 미천한 종의 주인을 알고 계셨습니까?"

아합마라……. 아마 저 남자의 본명은 아흐마드겠지.

"일전에 사로잡은 회회족 포로들에게 풍문으로 이름만 들어본 적이 있다."

"저의 주인께선 이쪽 말로 하면 오노백격(乌鲁伯格)이라고 불리시는 군주시옵니다."

그래, 안다. 티무르 제국의 현왕 미르자 무함마드, 정음으론 울루그 벡 혹은 베그.

그는 이슬람에서 내 아버지와 유일하게 비견할 만한 뛰어난 학자이자 현군이다. 그가 정리한 아랍식 역법은 명에도 전해졌고, 이순지가 완성한 칠정산 역법에도 영향을 끼쳤다. 그러나 그는 아들에게 반란을 당해 비참하게 살해되는 비운의 군주기도 하지.

그런데 그가 명나라와 교류를 했었다는 기록 같은 건 본 적이 없었는데, 이 시기에 북경을 찾다니 대체 무슨 일이지?

"전란으로 인해 여기까지 오기 힘들었을 텐데, 노고가 많았네. 그런데 고에겐 무슨 용무인가?"

"저의 주인께서 조선과 교류를 원하시어 그분의 종인 제가 이곳까지 오게 되었습니다. 또한 허락하신다면 광무왕 전하께 이것을 바치고 싶습니다."

그는 웬 주머니 같은 것을 꺼냈고, 내 곁에 있던 김처선이 대신 그것을 받아 와 내용물을 확인하곤 이상이 없는 듯 내게 보여주었다.

이건 콩의 일종인가? 주머니에 담겨 있는 건 녹색 콩과 비슷한 씨앗의 일종으로 보인다. 이게 대체 뭐지?

"이것은 뭐라고 부르는 종자인가?"

"예, 그것은 아국의 특산품인 까후와입니다."

저 부분만 원어로 말하니 통 알아들을 수가 없네.

"다시 한번 말해보게."

"그것은 까후와 혹은 카베라고 부릅니다."

까후와? 카베? 난 이것의 정체를 알아내려 곧장 사전을 띄웠고, 잠시 후 알게 되었다.

아흐마드가 내게 바친 건 바로 가공하지 않은 커피콩이었다.

　　　　　*　　　　　*　　　　　*

　1448년의 여름, 오이라트와의 전쟁이 끝나 북명의 조정이
어느 정도 안정되자 난 귀국 준비를 시작했다.

　그 와중에 티무르 제국에서 온 사신들이 나와 같이 조선으
로 가고 싶다는 뜻을 밝혔기에 조선행을 허락했다.

　"청죽, 자넨 당분간 고를 대리해서 산동을 다스려 줘야겠
네."

　북명 조정에서 마지막 업무와 후임자에게 인수인계까지 마
치고 내 부름에 응했던 성삼문은 느닷없는 내 제안에 놀란
듯, 눈을 크게 떴다.

　"전하, 신은 그저 전하를 곁에서 모시고 싶사옵니다. 과분
한 벼슬은 부디 거두어주시옵소서."

　아니, 성삼문은 조정 대신 중 가장 오랫동안 나와 같이 일
했고 내게 영향을 받아 사고방식이 유연하게 변했다. 아직 눈
에 띄는 큰 공을 세운 적은 없지만, 그건 내가 하는 일들을
빈틈없이 처리할 수 있도록 물심양면으로 도왔기에 그렇다.

　"고가 안심하고 산동을 믿고 맡길 만한 이는 오직 그대뿐이
네. 명의 산동부 도독이자 조선의 산동절제사 벼슬을 내려주
겠네."

성삼문의 절친인 신숙주도 미타호를 개척할 당시 일개 부관 신분이었지만, 그 후 현령이 되었고 미타현이 주로 승격되자 제찰사로 승진했다. 그런 신숙주의 소식이 들릴 때마다 왠지 모르게 외직 생활을 동경하는 듯한 성삼문의 모습을 볼 수 있었다.

"전하, 그것은 신에게 분에 넘치는 직책이옵니다."

"아니, 자넨 그럴 자격이 있어. 또한 충분한 능력을 갖춘 걸고는 잘 알고 있네. 청죽은 좌부승지직으로 만족할 셈인가?"

내 말을 들은 성삼문은 잠시 고민하는 듯한 표정을 짓더니, 금세 내게 절을 올리며 답했다.

"신, 성삼문. 주상 전하의 명을 받들어 대리인의 책무를 다하겠나이다."

"그래, 자네가 원한다면 가족을 데려와 같이 지내도 좋네."

"망극하옵니다."

그렇게 성삼문에게 산동을 맡긴 난 남빈과 최광손을 불러 남빈은 요동의 절제사로 임명했고, 최광손은 성삼문을 보조할 산동의 첨절제사로 삼았다.

본래 이 시기의 요동은 후세처럼 별개의 지방이 아니라 산동성에 소속된 지방이라, 성삼문이 요동까지 다스리기엔 힘들 것 같아 남빈을 요동의 책임자로 올린 것이다.

"원한다면 가족을 본국에서 데려와 지내게. 그리고 고가 자네들의 아들을 궁으로 불러 세자의 소친시(小親侍, 시동)로 임명해 줄 수 있는데 어떤가?"

남빈의 아들인 남이는 홍위와 동갑이고, 최광손의 아들은 세 살쯤 어리다. 지금부터 친하게 지내면, 훗날 홍위의 든든한 측근이 되어주겠지.

그리고 본래 소친시는 내관의 일종이라는 편견도 있지만, 궁에서 세자의 시종을 들며 친구 노릇을 하는 역할이다. 내가 세자 시절일 때 마지막 소친시는 바로 절도 미수죄를 저지른 황희의 아들 황중생이었다.

내 말이 끝나자, 남빈이 먼저 내게 답했다.

"황송하옵니다. 신의 소생까지 생각해 주신 전하의 배려가 하해와 같사옵니다."

최광손 역시 감격한 표정을 짓고, 곧바로 절을 올렸다.

"성은이 망극하옵니다. 신을 구해주신 구명의 은혜도 모자라 가아(家兒, 자식)까지 생각해 주시는 주상의 배려에 그저 감읍할 뿐이옵니다."

"타국에서 고생할 자네들에게 작은 배려를 해주는 것뿐이네."

최광손과 남빈의 가문은 개국공신 집안이지만, 의령 남씨는 왕실과 인척 관계로도 이어져 있기도 하다. 난 남빈과 이야기하다 보니 남빈의 아버지가 떠올라 그의 소식을 물었다.

"그대의 춘부장 의산군은 아직 정정한가?"

"전쟁 전 서신을 주고받았을 땐, 무탈하신 듯했사옵니다."

"그런가."

남빈의 아버지 남휘(南暉)는 내 할아버지 태종의 사위인데, 강직한 성품의 남빈과는 다르게 여자 문제가 많았지. 내 고모이자 남빈의 어머니인 정선공주께서 돌아가셨을 때 아버지께서 슬퍼하셨던 게 생각났다.

내가 잠시 생각에 잠겨 있자 남빈이 물었다.

"전하, 신이 요동의 군사를 담당하면 본래 요동 총병관이었던 조의는 어찌 되는 것이옵니까?"

"그는 당분간 자네 업무를 도울 것이네. 인수인계를 마치면 중앙으로 영전이 예정되어 있노라."

조의는 요동 병력의 절반 이상을 정통제에게 징집당한 힘든 상황에서도 에센의 사주를 받은 후룬의 공격을 훌륭하게 막아냈고, 난 그의 공을 기려 승진시켜 주었다.

본래 그를 북명의 금군을 책임지고 있는 이징옥의 후임으로 쓰려 했는데, 황제는 이징옥이 마음에 들었는지 부정적인 의사를 표해서 이징옥은 어쩔 수 없이 북경에 남게 되었다.

그래서 난 조의를 병부상서의 바로 아래인 병부시랑으로 임명했고, 내 병부상서 직책 반환은 황제가 반대했기에 그가 실질적으론 병부상서를 대리하게 될 것이다.

"신은 이만 물러나 요동으로 갈 채비를 하겠사옵니다. 전하, 부디 만수무강하소서."

"그래, 자네도 건강 잘 챙기게나."

그 후 난 한명회를 불러 유의해야 할 점과 이후에 해야 할 일을 일러주며 정국 전환용으로 쓸 만한 것들을 알려주었다.

한명회라면 내가 따로 지시하지 않아도 적절한 시기에 알아서 잘 써먹을 거다.

이후 난 북명에 남을 인선을 마저 정리했고, 산동과 요동에 남길 군대를 재편해 배치했다.

그리고 드디어 명나라에서 일 년 남짓한 체류를 끝내고 귀환을 시작했다.

*   *   *

나와 일행은 산해관을 통과해 천천히 조선으로 이동했고, 난 미리 산동에서 배편을 이용해 여정 중에 필요한 식량을 제외한 무거운 짐들을 먼저 보냈다.

에센의 전리품인 금은을 빼돌린 것만으로도 전쟁 전 명나라 기준으로 최소 십 년 치 이상의 재정을 확보했는데, 황제가 귀국하는 내게 보은하겠다며 보물들을 따로 챙겨주었다.

그것은 대부분 오이라트 쪽에서 가치 없게 여겨 방치한 미

술품이나 고서적 종류였고, 나도 바빠서 뭐가 있는지 제대로
확인 못 하고 배로 실어 보냈다.

긴 여정을 거쳐 요동을 통과해 아직 새로운 지명을 정하지
못한 조선의 북방으로 진입하자 척후병이 소식을 가져왔다.

"야인의 추장들이 모여 고를 만나고 싶어 한다고?"

그러자 김처선이 답했다.

"예, 그렇다고 하옵니다."

"일전에 신종의 의사를 밝힌 것만으로 부족한 건가."

"아무래도 이적들의 왕 에센을 격파한 것도 모자라서 거의
사로잡을 뻔한 전하의 소문이 널리 퍼져서 잘 보이려 하는 게
아니겠습니까?"

"그런가? 이젠 고의 신하이니, 이참에 전부 입조시켜서 하
사품도 내리고 잔치라도 열어줘야겠군. 부족당 100명 이하의
수행원들을 데리고 짐을 호종하라고 이르게나."

"예, 전하의 명을 전하겠습니다."

그건 그렇고 자금성 앞에선 에센을 일부러 놓아준 건데, 다
들 아깝게 놓친 것으로 착각하고 있네.

그러고 보니 일전에 병사로 위장해서 전투에 끼어든 사관
유성원(柳誠源)이 남긴 기록 덕에 내 무용담이 널리 퍼졌다고
한다.

저 정도면 유성원은 나중에 태종 시절 그 유명한 스토커,

아니, 사관인 민인생(閔麟生)급으로 회자되겠어. 유성원은 원역사처럼 사육신으로 이름 날리는 것보단 이게 그에게 더 낫겠지.

그렇게 다음 날 다시 여정을 재개했는데, 내가 생각지 못한 사태가 벌어졌다.

너무 많은 인원이 몰리면 안 될 것 같아 부족당 100명 이하로 수행원을 제한했는데도 적게 잡아도 만 명 이상의 야인들이 몰려든 것이었다.

하, 생각해 보니 커다란 야인 일파 아래 부족들이 수도 없이 많은데, 부족이라고 말한 게 실수였네.

그렇게 신료들이 파악한 저들의 면모를 보니 몽골계인 우량카이나 코르친, 그리고 여러 여진족의 일파들이었다.

몽골 쪽 계통 부족들은 그저 신속의 의사만 표하고 직접적인 교류는 하지 않을 거라 생각했었는데, 그건 내 착각이었나 보다.

김처선의 도움을 받아 급하게 갑옷을 차려입고 그들 앞에 나서서 얼굴을 보이자, 그들은 내게 각자의 언어로 떠들썩하게 소리치기 시작했다.

개중엔 조선말이나 명국 말을 할 줄 아는 이들이 있는지 그들 중 일부의 말은 내게도 전달되었다.

"광무왕 전하, 부디 천세를 누리소서!"

"전하에게 충성을 바치겠습니다!"

"만세! 만세! 만만세!"

만세와 천세를 구분 못 하는지 만세를 외치는 이들마저 있네. 이건 마치 미래에서 말하는 한류스타라도 된 듯한 기분이다. 조선이니까 조류 스타… 는 내가 생각해도 좀 아니군. 그러자 미래의 지식이 하나 깨어났다. 이런 게 바로 부장님 개그라고? 미래의 벼슬아치들은 저런 농담을 하는 건가?

그렇게 난 내 팬들을 데리고 황보인이 지키고 있던 압록강으로 향했고, 그곳에서 더 많은 야인을 볼 수 있었다.

"…저들은 어디서 온 야인들이라고 하더냐?"

그러자 김처선이 알아온 정보를 내게 말했다.

"저들은 성저야인인 오도리의 대족장 동소로와 후룬 분파인 내요곤의 휘하이며, 일부는 건주위의 대표로 온 야인들이라 하옵니다."

이대로 조선으로 들어가다 야인들 데리고 나라 침공하는 이적으로 오인당할까 두렵다. 그래도 어쩔 수 없지. 이참에 다들 한양에서 화끈하게 놀아보자고.

워낙 인원이 많으니 안전하게 강을 건너는 데만 해도 며칠이 걸리고 말았다.

그리고 난 국경을 수비하던 황보인을 만날 수 있었고, 그의 공을 치하하며 내 용포를 하사품으로 내려주었다.

황보인이 내게 사배를 마치자 난 입을 열었다.

"우상 대감, 그간 노고가 많았소."

"전하의 승전을 경하드리옵니다."

"고맙소. 이제 대감도 고와 함께 돌아갑시다."

황보인은 한동안 못 본 사이 강바람에 피부가 많이 상한 듯 얼굴이 거칠어져 있었다.

"우상의 면이 많이 상한 듯하군. 이거라도 바르게나."

내가 건넨 것은 돼지기름을 가공한 라드 덩어리였고, 황보인은 그것을 받아 들며 내게 물었다.

"이것이 무엇인지 여쭈어도 되겠사옵니까?"

"그건 돈지로 만든 식재 겸 약재네."

"이것을 그대로 얼굴에 바르면 되는 것이옵니까?"

이 시대엔 미래에 만능 연고로 쓰이는 바셀린이 없지만 돼지기름으로 같은 효과를 볼 수 있고, 지난겨울엔 지휘관들을 시켜 병사들에게 지급하여 좋은 효과를 봤었다.

"자기 전에 얇게 펴 바르고 일어나서 세수로 씻어내면 되네. 일주일 정도만 하면 효과를 볼 수 있을 걸세."

"망극하옵니다."

황보인에게 내가 병도 주고 약도 준 격이지만, 황보인은 별로 개의치 않는 듯 자리에서 물러났다.

그날은 진중에서 하룻밤을 보내고 다음 날 황보인을 다시 만났는데, 생각 외로 효과가 좋았는지 거칠어졌던 피부가 많이 좋아진 듯 보였다.

황보인이 기분 좋은 표정으로 내게 말했다.

"전하께서 신에게 내린 비방과 약재의 효과가 매우 좋은 듯하옵니다."

"다행이로군. 당분간 살이 튼 곳에 매일 바르게나."

"알겠사옵니다."

그렇게 난 국경 수비군을 재편성한 다음 도성으로 출발했다. 이미 소문이 널리 퍼졌는지, 내가 가는 곳마다 백성들이 몰려나와 천세를 외치며 환호했다.

그런 백성들에게 적당히 하사품을 나누어주면서 평양에 잠시 들렀다.

그러자 온 평양의 백성들이 다 모이기라도 했는지 척 보기에도 수만 이상의 인파가 몰려들어 혼잡하기 그지없었으며, 천세 합창이 끊이지 않고 울려 퍼지고 있었다.

그 와중에 평안도경차관(平安道敬差官) 이인손(李仁孫)이 군사를 이끌고 나와 나를 맞이했다.

"신 이인손이 주상 전하의 승전을 경하드리며 귀환을 감축드리옵니다."

"그대도 공무에 노고가 많군. 요즘 건강은 어떤가?"

이인손은 내 말을 듣곤 눈이 잠시 흔들렸지만 금세 평정을 되찾고서 대답했다.

"전하의 배려 덕에 더없이 강건해졌사옵니다."

이인손은 수양 원종공신에 이름을 올린 이라 평양에 부임하기 전에 한명회나 정인지 같은 이들과 함께 내게 구른 적이 있었다.

"그것참 홍복이로군. 앞으로도 단련을 쉬지 말게나."

"예, 명심하겠사옵니다."

난 그렇게 하룻밤을 보낸 뒤 다시 도성으로 향했다. 그리고 개성에서 환대를 받은 후 여정을 진행해 도성 외곽에 도착하자, 웬 둥그런 물체가 줄에 매달려 허공에 떠 있는 것을 발견할 수 있었다.

저건 대체 뭐지? 연 종류는 아닌 거 같은데?

곧장 망원경을 꺼내 의문의 물체를 살펴보니 종이 같은 것으로 만든 지름 5미터가량의 풍등(風燈, 촛불의 열기로 띄우는 초롱) 같은 것이 줄에 매달려 약 백여 미터 상공에 떠 있는 것을 발견할 수 있었다.

또한 자세히 보니 그 아래엔 기다란 천이 매달려 있었고, 거기엔 내 승전과 귀환을 축하한다는 문구가 크게 적혀 있었다.

저건 아무래도 누군가 열기구를 만들기 위해 중간시험용으로 쓰다가, 급하게 내 환영 인사용으로 쓰려고 내놓은 듯한데……. 저걸 만든 건 대체 누구지?

　　　　　　　*　　　　　*　　　　　*

　조선의 왕 이향이 유사 열기구를 보고 놀랐을 무렵, 아래에서 그것을 지켜보는 금화도감(禁火都監, 조선의 소방서)의 관리와 금화군(禁火軍)들은 피가 마를 지경이었다.

　그들은 사람이 없는 곳에서 시행했던 실험 당시 만일의 사태에 대비해 동원됐었다. 당시 여러 번의 실패를 겪은 것을 직접 보았기에 거대한 풍등이 혹시라도 부력을 잃고 민가에 추락하면 대참사가 일어날까 긴장하여 만반의 준비를 하고 있었다.

　금의환향한 아들을 놀라게 해주고 싶어 이 일을 계획한 상왕 세종도 어느새 긴장하여 시험형 열기구를 초조하게 바라볼 무렵, 주상의 일행이 도성 인근에 도착했다는 소식을 들려왔다.

　"상왕 전하, 주상 전하께서 성저 인근에 도착하셨습니다. 이후 돈의문(敦義門, 서대문) 쪽으로 돌아서 입장하신다 하옵니다."

　도승지 이승손의 보고를 들은 상왕이 답했다.

　"지금쯤이면 주상께서도 보셨을 테니, 부유등(浮游燈)을 내리라 전해라."

"예, 바로 조치하도록 하겠습니다."

그렇게 목적을 다한 불안정한 부유등이 다시 땅으로 안전하게 내려왔고, 대기하던 금화군들이 일제히 몰려들어 뒤처리했다.

한편에선 그런 이들의 고충을 모르고 그들의 왕을 축하하러 몰려나온 백성들이 왕의 행차를 확인하곤 환호하기 시작했다.

"거, 소문을 듣자 하니 주상께선 태조 대왕마마처럼 전장에서 활약하셨다던데 그게 정말일까?"

이름 모를 백성 하나가 자신의 일행에게 의문을 표하자 주변에 서 있던 다른 이들이 일제히 입이라도 맞춘 듯 그의 일행 대신 대답했다.

"참말이고말고요!"

그들의 반응에 질문을 꺼낸 중년인은 놀라서 주변의 눈치를 살폈고, 대답한 이들은 자신이 알고 있는 왕의 업적을 하나라도 더 많이 말하기 위해서 침을 튀겨가며 설명했다.

"…주상 전하께선 그렇게 천자님을 구출하셨다고 해요."

어느새 그들 중 가장 말을 잘하던 남자 하나가 이야기를 정리해서 중년인에게 설명하자 그는 주눅이 든 듯 답했다.

"…고맙소이다."

"별말씀을요. 어? 저기!"

설명을 잘하는 남자가 가리킨 곳엔 어느새 돈의문에 도착한 주상과 조선군, 그리고 그 뒤를 따르는 수없이 많은 야인의 행렬이 있었다.

"주상 전하, 천세, 천세! 천천세!"

어느새 이곳에 모인 이들은 열정적으로 그들의 왕을 환영했고, 어떤 이들은 이 혼잡한 와중에 억지로 주변 사람들을 밀쳐내곤 큰절을 올리기도 했다.

절을 하는 이들은 이곳을 통제하는 관리들에게 들은, 오늘만큼은 절을 올리지 말고 천세만 외치라는 당부는 어느새 잊고 진심으로 왕의 귀환을 경하하며 절을 올리고 있었다.

"저 야인들은 주상 전하께서 잡아오신 놈들인가? 거참 흉측하기도 하지."

선두에 섰던 조선군들이 돈의문을 통과하고 그 뒤를 따르는 야인들의 행렬을 본 어느 사내가 인상을 찌푸리며 말하자, 그 옆에 있던 친구가 의문을 꺼냈다.

"그건 아닌 거 같은데? 세상에 어떤 포로가 말을 타고 오냐?"

"그런가? 그럼 저들은 뭐지?"

"우리 전하께 복종한 야인들이겠지."

"아, 그렇겠네. 그건 그렇고 대체 저게 몇 명이나 되는 거야?"

"난 이미 세길 포기했어."

"니가 수 세는 법을 알긴 하냐?"

"일전에 내 아들 녀석이 소학당(小學堂)에서 배워 와서 가르쳐 줬다. 그런 네놈은 세는 법 알아? 천축수(아라비아 숫자)도 모르는 무식한 놈이."

그는 장손을 도성에 설립된 기초 학교인 소학당에 입학시켰고, 그 결과 학문에 흥미를 느끼게 된 아이는 집안일을 돕는 와중에도 과거에 응시해 집안을 일으키겠다며 여러 책을 구해 공부를 이어가고 있었다.

"정음만 떼고 통보나 저화 같은 거 쓸 줄 알면 그만인데, 애들한테 공부 같은 건 뭐 하러 시키냐?"

"두고 봐라, 내 아들이 급제만 하면……."

"어이구, 어련하시겠어. 급제나 하면 그때 말해라."

그들이 이야기를 나누는 사이 어느새 행렬이 모두 돈의문을 통과했고, 육조 거리 쪽으로 이동을 시작했다.

티무르 제국의 사신단은 처음 온 이국의 풍경을 즐기며 환영 인사에 즐거워했고, 그들의 수장인 아흐마드는 인파 중에서 터번을 쓰고 나온 이들이 몇몇 있는 것을 보곤 놀라서 자신의 수행원에게 말을 건넸다.

"조선에도 우리 형제들이 살고 있었나?"

"저도 자세한 사정은 모르나, 저걸 보니 그런 듯 보입니다."

"하하! 이거 생각지도 못한 연결 고리가 생기겠군. 주인이신 울루그 벡께서도 이 일을 아시면 기뻐하실 거다."

"아흐마드 님, 일전에 반응을 보니 광무왕 전하께서 가후와에 관심을 가지신 듯합니다. 그럼 미당을 얼마나 얻어 갈 수 있을까요?"

"일차적인 목표는 같은 부피만큼 교환하는 거고, 그게 안 되면 협상을 통해 교환 비율을 낮추고 우리가 모르는 다른 특산품을 얻을 수 있는지 알아봐야겠지."

이슬람의 사신들이 교류의 원래 목적에 관해 이야기를 나누고 있을 때, 오도리의 대족장 동소로가무는 즐거운 표정으로 환영 인파를 지켜보며, 자신과 동행한 후룬의 분파 족장인 내요곤에게 말했다.

"일전에 듣자 하니, 주상 전하를 알현하고 군량을 바쳤었다고 들었소."

"그랬지요. 마음 같아선 참전도 하고 싶었지만 사정상 그러지 못했었는데 지금은 그 결정을 후회하고 있습니다."

그러자 동소로가무는 고개를 돌려 몽골 계통 야인들 쪽을 한 번 바라보곤 내요곤에게 답했다.

"주상 전하께선 저런 박쥐 같은 놈들보단 조선을 오래 섬긴 우리들을 더 우대하실 겁니다. 전장에서 공을 세우지 못했다고 초조해하실 건 없어요."

"그렇습니까?"

"그리고 우리마저 북방을 비웠으면 혼란한 틈을 타서 에센의 사주를 받은 놈들이 조선을 침략했을 수도 있었어요. 자리를 지킨 것만으로도 우리가 할 일은 다 해낸 것이니 자부심을 가지시오."

"듣고 보니 대족장님의 말씀이 지당하신 거 같습니다."

그들과 달리 건주위의 대표이자 이만주의 전 측근인 적삼로는 그들의 대화에 끼어들지 못하고 속을 삭여야 했다.

'젠장, 난 이만주 그놈의 수하였던 과거에 발목이 잡혀 저들처럼 당당할 수가 없네. 뭔가 만회할 방법이 없을까?'

현재 조선에 신종한 야인들 사이에서도 자연스레 서열이 나뉘고 있었고, 그들 중 으뜸은 조선을 가장 오래 섬긴 동소로 가무라고 할 수 있었다.

그다음은 조선계 후룬의 족장인 내요곤이며, 그의 다음가는 자리를 차지하기 위해 서로 치열한 신경전이 벌어지고 있었다.

어떻게든 북방의 패자에게 잘 보이려 하는 야인들의 고민이 깊어질 때, 조선의 왕 이향은 그의 아버지 상왕 세종과 육조 거리에서 대면했다.

*   *   *

"주상, 승전을 경하드립니다. 혹여 옥체가 상한 곳은 없으신지요?"

보고 싶었던 아버지와 재회하자 아버지는 바로 내 안부를 물으셨다.

"예, 열성조와 아바마마께서 보우하신 듯 다행히 다친 곳은 없습니다."

"천만다행이군요. 이 아비가 소식을 들었을 때 얼마나 놀랐는지 알아요?"

"송구하옵니다."

아버지의 표정을 보니 진심으로 날 걱정하고 있으셨음을 알 것 같았다. 더 하고 싶은 말씀이 많아 보이나, 아버지는 말을 아끼시곤 홍위를 데려와 내게 인사시켰다.

"주상 전하, 승전을 경하드리옵니다!"

허, 홍위도 고작 일 년 남짓 못 본 것뿐인데 몰라볼 정도로 크게 자란 거 같다.

"그래, 세자도 잘 지냈느냐?"

"예! 소자는 아바마마를 본받기 위해 노력하고 있었사옵니다."

그러니? 장하기도 하지.

그 후 난 개선 행진을 마친 군사들은 임시로 머물 만한 인근의 여러 병영으로 보내고, 일부는 상을 줘서 고향으로 보냈다.

야인 족장과 측근들을 북평관(北平館)에 머물게 한 다음, 티무르 제국의 사신들은 임시로 왜인 사신용 숙소인 동평관에 머물도록 조치했다.

그리고 숙소에 머물 수 없는 나머지 야인들은 모두 도성 외곽에 천막을 치고 머물게 조치했다.

그 후 난 바로 종묘로 향해 태조와 선대왕에게 승전을 고하는 예식을 치르고 궁으로 귀환했다.

그 뒤론 문무백관들이 모두 참석한 개선 기념 제례를 근정전(勤政殿)에서 연달아 치렀고, 그 후엔 잠시 편전에 들러 티무르의 사신과 야인들의 접견 일정과 이후 벌일 접대 잔치와 도성 축제 일정에 대해 논의한 다음, 그간 밀렸던 정사와 공문서들을 읽어봐야 했다.

그렇게 자정이 넘어서 개선 첫날의 일정을 간신히 마치고 피곤에 절어 강녕전의 침소에 누워 있었는데, 김처선의 목소리가 들렸다.

"전하, 중전마마 납시옵니다."

"들라 하라."

내가 그리도 보고 싶던 아내와 눈이 마주치자, 우리 사이엔 그 어떤 말도 필요가 없었다.

난 좀 전까지 피로함을 느끼던 건 금세 잊었다. 그렇게 나와 아내는 밤새 격렬한 환영 인사를 서로의 몸으로 나누었고, 정신을 차려 보니 어느새 인시(寅時, 새벽 3~5시)가 끝나가 아버지에게 문안 인사를 올릴 시간이 가까워지고 말았다.

이거 큰일인데. 어쩌지? 이젠 금방이라도 곯아떨어질 것 같은데. 조만간 이 살인적인 일정도 전부 뜯어고치든가 해야지 원. 명에서 한가하게 사는 바지사장님에게 익숙해져서 그런지, 잠시 조선 궁궐의 빡빡한 시간관념을 잊었었네.

하품을 참으며 잠시 고민하던 난 금세 이 상황에서 써먹기 좋은 게 떠올랐다.

"중전, 일단 옷부터 입읍시다."

"예, 전하."

중전도 졸린 와중에 나처럼 당황한 듯했으나, 금세 자신이 해야 할 일을 깨달은 듯 보였다.

아내는 내 도움으로 의관을 갖췄고, 나도 아내의 도움으로 용포를 입은 다음 김처선을 불렀다.

"전하, 신을 찾으셨사옵니까?"

"그래, 지금 당장 일전에 첩목아 왕국에서 받은 까후와가 필요하노라."

"예, 바로 가져오겠습니다."

"아니다. 일단 그걸 솥뚜껑 위에 올려 센 불에 일 각 정도

볶아 색이 진하게 변하면 가져오거라."

"그 외에 더 필요하신 것이 있으시옵니까?"

"그리고 찻잔과 다구를 내어 오거라."

"예, 분부하신 대로 준비하겠습니다."

나와 아내는 잠시 후 김처선이 급하게 로스팅해 온 커피콩을 뜨거운 물에 우려서 급조한 커피를 맛볼 수 있었다.

난 일단 처음 맛보는 커피인 만큼 본래의 맛을 느끼려 설탕을 넣지 않았고, 그대로 첫 모금을 입에 머금자 미래 놈의 희미한 기억이 갑자기 스쳐 갔다. 저게 미래에 카페라고 부르는 곳의 풍경인가?

그리고 이건… 정말 뭐라고 형언할 수가 없는 맛이네. 기록에서 본 대로 유럽에서 종교인들이 악마의 음료라고 비하하면서도 결국 널리 퍼지게 된 이유를 알 것 같았다.

커피의 맛은 쌉쌀하면서도 고소했고, 또한 설명할 수 없는 그윽한 향이 입안에 맴돌고 있었다. 그리고 마치 지친 몸을 일깨우듯 스며드는 느낌도 든다.

내가 잠시 커피의 맛과 향에 취해 있는 사이, 아내는 나를 따라 커피를 한 모금 마셔보곤 표정을 찌푸렸다.

"중전의 입맛엔 맞지 않은가 보오?"

"향은 더없이 좋은데, 소첩에겐 너무 쓰게 느껴지옵니다."

중전도 이제 서른이 넘었는데, 아직도 쓴 걸 싫어하나? 귀엽기도 하지.

"사당을 넣어서 먹으면 괜찮을 거요."

난 직접 설탕을 아내의 커피 잔에 타서 잘 휘저어 건네주었고, 아내는 다시 한번 맛을 보곤 놀란 듯한 표정으로 나를 바라보았다.

"이런 맛이면 소첩에게도 맞는 듯하옵니다."

"중전의 입에 맞으니 다행이오. 이건 졸음을 쫓는 효과가 강하니, 자주 마시진 말아요."

"예."

아내의 표정을 보니 커피가 굉장히 마음에 든 듯한데, 내 당부 같은 건 별로 효과가 없을 거 같다. 이거 조정 관료들에게 풀었을 때 반응이 기대되네. 이참에 궁하고 육조 거리 쪽에 찻집 겸 카페를 만들어볼까?

어느새 나와 중전은 커피를 전부 마셨고, 난 자리에서 일어나며 아내에게 말했다.

"그럼 이제 아바마마를 뵈러 갑시다."

아내와 난 곧바로 수강궁으로 행차해 잠시 대기했다.

"상왕 전하, 주상 전하 납시옵니다."

아버지의 전담 내관이자 전직 상선인 엄자치가 수강궁의 침전에 내 행차를 알렸고, 김처선과 엄자치가 나란히 서 있는 모습을 본 난 원 역사에서 두 사람이 내 아들을 복위시키려

고생했던 행적을 떠올리며 흐뭇한 표정을 지었다.

내가 그들을 바라보며 웃자 영문을 모르는 엄자치와 김처선은 내게 고개를 숙였다.

생각난 김에 조만간 끝까지 수양을 섬기면서 잘 먹고산 전균(田畇) 같은 내관들은 적당한 명분을 붙여 조만간 은퇴시켜야겠어.

"아바마마, 간밤에 편히 주무셨사옵니까?"

"그래요. 주상과 중전께서도 편히 주무셨어요?"

아버지의 질문에 아내의 얼굴이 붉게 변했다. 그러자 곁에 계시던 어머니께서 사정을 짐작하신 듯, 웃으면서 말씀하셨다.

"조만간 새 손주를 볼 수 있을 것 같은데 기대해도 되겠지요?"

그럼요. 최대한 많은 손주를 안겨 드리기 위해 노력하겠습니다.

"예, 소자가 좀 더 노력하겠습니다. 그리고 소자가 아바마마와 어마마마께 진상할 것도 있습니다."

"그래요? 그게 뭔가요?"

"첩목아국의 사신이 바친 까후와란 차입니다."

"이름이 특이하군요."

"처선아, 까후와를 대령하거라."

김처선이 준비한 커피를 대령해 아버지와 어머니에게 올렸다. 단 것을 좋아하는 어머니에겐 사탕을 듬뿍 넣어드렸고, 당뇨를 조심해야 하는 아버지에겐 아무것도 넣지 않고 그대로 바쳐 올리게 했다.

두 분은 커피를 드시곤 마음에 드셨는지 만족한 표정을 지으셨으며, 아버지는 내게 커피에 관해 물으셔서 내가 아는 대로 알려 드렸다.

"주상, 이 아비는 차보다 이 까후와란 게 더 마음에 드는군요. 그런데 이름이 입에 잘 붙지 않으니 새 이름을 짓는 건 어떻습니까?"

"예, 고민해 보겠습니다."

그건 그렇고 어제는 정신이 없어서 알아보지 못했었는데 아버지에게 궁금한 것이 생겼다.

"아바마마, 혹시 어제 도성 상공에 떠 있던 기물을 누가 만든 것인지 아십니까?"

그러자 아버지는 자랑스러운 표정을 지으시며 내게 답하셨다.

"주상께서도 그걸 보셨어요? 그건 이 아비가 풍등을 응용해 만들게 한 부유등이라 하는 기물이랍니다."

의외의 대답을 들은 난 놀라서 반문했다.

"예?"

"하하, 주상께서도 부유등이 인상 깊었나 봅니다? 그것에 대해 어떻게 생각하시오?"

허, 항상 느끼는 거지만, 아버지는 정말……. 그건 그렇고 사전의 지식까지 더하면 사람이 탈 만한 열기구도 만들 수 있을 거 같은데? 열기구를 완성하면 어디다 쓸 수 있을까?

*　　　　*　　　　*

난 아버지와 열기구에 대해서 논의를 시작했고, 이야기에 빠지다 보니 본의 아니게 아침 수라도 거르고 말았다.

아버지와 내가 정신 차려보니, 어머니와 아내는 우리의 대화를 전혀 이해하지 못한 듯한 표정을 짓고 있었다.

"아바마마, 자세한 이야기는 좀 더 시간을 두고 논하는 게 좋을 듯하옵니다."

"그러지요. 주상과 이야기해 보니, 앞으로 어떻게 개량해야 할지 감이 잡힌 듯해요."

그 후 예조판서 민의생을 내 집무실인 천추전(千秋殿)으로 불러 티무르 제국의 사신과 북방에 야인의 접대에 대해 논의했고, 풍족해진 재정으로 인해 접대 비용에 대해선 별로 걱정하지 않아도 된다는 결론이 나왔다.

민의생이 물러나자, 난 그대로 생각에 잠겼다.

이번 전쟁으로 얻은 금은보화는 아직도 파악이 덜 끝났지만, 대략 은자 2억 냥 이상이 들어왔다고 보면 된다. 거기에 각종 군수품이나 화약, 그리고 정통제가 내게 챙겨 준 보물까지 합치면… 정말 가늠이 안 되겠군.

또한 내가 귀국 전에 북명 조정의 정사를 보며 확인하기론, 오이라트의 침공을 겪은 북경 일대와 산서성의 사정은 처참한 수준이었다.

에센은 산서성에서 물러나기 전, 나 때문에 보았던 손해를 벌충하려는 듯 약탈을 일삼았다고 한다.

또한 전쟁 와중에 끝까지 함락되지 않은 요새들도 몇 개 있긴 하지만, 북방군과 재정을 정상화하는 데는 오랜 시간이 걸릴 듯하다.

원 역사에서 오십 년가량 걸렸는데 지금은 나라가 쪼개졌으니 최소 칠팔십 년은 걸리겠네.

그리고 귀국 전에 알게 되었는데, 내 번왕 책봉식에 들어갔던 재정은 북경의 백성들과 관료들이 자발적으로 바친 재물로 치러졌었다고 들었다.

이러다 후세에 북명에 내 사당이 생기는 게 아닌지 몰라. 원 역사의 조선에서 임진왜란을 겪고 재조지은의 명분으로 만력제를 기리며 만동묘를 비롯해 여러 사당이 생긴 것처럼 말이야.

이제 내가 의도한 대로 북명과 조선은 서로 뗄 수 없는 혈맹 사이가 되었다. 조만간 남쪽에서 생산하던 설탕의 공급도 끊어질 텐데, 그렇게 되면 설탕 수입도 우리에게 의존해야 할 거다. 조만간 양국의 식량 거래도 활성화해야겠어. 그리고 남명과의 관계는 일단 추이를 두고 보면서 조율을 해봐야 할 것 같다.

난 다음 날 정식으로 티무르의 사신들을 궁으로 초대했고, 접대 역을 시키려 아랍어를 할 줄 아는 위구르계나 타타르계의 후손 몇 명과 역관들을 사정전으로 불렀다.

"광무왕 전하, 이 미천한 종과 일행을 초대해 주서서 감사합니다."

사신 일행들이 조선 예법에 맞춰 내게 사배를 올렸고, 그들의 대표인 아흐마드는 그 짧은 사이 조선어 인사말을 억지로나마 외운 듯 어설픈 발음으로 내게 인사했다.

"그래, 조선에 온 걸 환영하는 바이다. 부디 편하게 쉬었다 가길 바라네."

그러자 역관이 내 말을 그들에게 전달했고, 그 후엔 의례적인 외교적 수사들을 주고받았다. 그렇게 적당히 분위기가 무르익자 나는 기록으로 보아서 알고 있지만 조선의 관료들을 위한 질문을 던졌다.

"티무르 왕국의 군주인 울루그 벡은 어떤 성품을 지녔는가?"

그러자 아흐마드의 말이 통역되어 전달되었다.

"사신 대표 아합마가 고하길, 그의 군주는 현자와 예인을 대우하고 그 자신도 왕국에서 제일가는 천문과 산학의 조예를 지녔으며 역법과 역사에 통달한 대학자라고 합니다. 전하께서 원하신다면 첩목아국의 군주가 저술한 책을 바치겠다고 하옵니다."

통역의 말을 들은 신료들은 먼 이국의 군주이긴 하나, 각종 학문에 통달했다는 것과 서적이 있다는 이야기를 듣곤 감탄한 듯한 표정을 지었다.

"그의 호의를 고맙게 받겠다고 전하거라. 그리고 일행 중 천문이나 산학에 밝은 이가 있는지 묻거라."

그러자 통역을 거쳐 답이 돌아왔다.

"천문과 산학에 밝은 이들이 몇 명 있다고 하옵니다."

"그런가? 호판과 우참찬이 아국에서 제일가는 천문학과 새로운 산학인 수학의 대가인데, 이 기회에 서로 교류를 가지는 것도 좋겠군."

그러자 이순지와 정인지의 얼굴이 환해졌고 통역을 거쳐 내 말을 들은 사신단의 몇 명도 조선의 학문에 흥미가 가는지 아국의 신료들을 잠시 바라보았다.

또한 위구르계이기에 접대 역으로 불려 나온 전 집현전 부제학이자 삼강행실도의 저자인 설순(偰循)의 아들, 설동인(偰同寅)도 사신단에게 흥미가 생겼는지 그들에게 시선을 떼지 못했다.

난 이 정도면 분위기가 무르익었다고 생각해 본격적인 질문을 던졌다.

"아국과 티무르 왕국은 그간 접점이 없었는데, 무슨 이유로 교류를 하려고 명국의 수도까지 오게 되었는지 자세히 이야기해 보라고 전하라."

그러자 아흐마드는 역관에게 꽤 길게 설명했고, 그의 말을 정리한 역관이 내게 전달해 주었다.

"주상 전하, 아합마가 고하길 첩목아 왕국은 재작년부터 원나라의 달자들과 교류를 시작했고 그들이 화약을 얻으러 소량의 미당을 가져왔다고 하옵니다. 그 후 미당의 진가를 알게 되어 많은 이들이 미당을 원하게 되었다고 합니다."

역관은 말이 길어지자 잠시 한 호흡 쉰 다음 아흐마드에게 몇 가질 묻고 다시 내게 고했다.

"그 후 원나라의 사신에게 명에서 미당을 얻을 수 있다는 말을 듣고, 원나라를 방문한 후 명국 조정과 교류를 시작하러 출발했고, 긴 여정을 거쳐 원에 도착해 왕한(王汗) 탈탈불화(脫脫不花)에게 화약을 건네주고, 그의 도움을 받아 명의 영토에 도착할 수 있었다고 하옵니다."

"잠깐, 탈탈불화란 이는 원의 타이순 칸, 보르지긴 독토아부카를 지칭하는 것인가?"

"그러하옵니다."

"앞으론 명칭을 억지로 한자로 바꾸려 하지 말고 정음으로 말하거라."

"명심하겠사옵니다. 그럼 삼가 다시 고하겠사옵니다."

"그래, 계속하라."

"이들은 타이순 칸이 붙여준 길잡이의 도움을 받아 섬서를 거쳐 하남 개봉까진 갈 수 있었으나, 경사에서 벌어진 전투 때문에 그곳에 계속 머물러야 했고, 그 와중에 달자들과 한패로 의심받아 수행원들이 해를 입은 적도 있다 하옵니다."

저들도 하필 안 좋은 시기에 도착해서 파란만장하게 지냈네. 저들이 원명 여행기만 정리해도 책 여러 권이 나오겠어.

"그래서 어찌 되었다고 하느냐?"

이어진 아흐마드의 이야기를 들은 역관이 다시 말했다.

"그 후엔 개봉에서 쫓겨나다시피 떠나야 했고, 산동의 제남으로 이동해 잠시 머물며 귀국을 고민하다가 승전 소식을 듣고 명국 관리의 도움을 받아 경사로 갈 수 있었다고 하옵니다. 그리고 고관들과 접촉해 조선에 대한 이야기와 미당의 원산지를 듣게 되었고, 명 조정에서 사신으로 인정받아 전하의 책봉식에 참여할 수 있었다고 하옵니다."

그것참……

뭐랄까, 우연히 흘러 들어간 미당 하나 때문에 별의별 일을 다 겪었네. 어찌 보면 저렇게까지 고생할 만한 가치가 있단 걸 몸소 증명한 셈인가?

"티무르의 군주는 미당이 얼마나 필요하다고 하던가?"

"양국의 거리가 머니 한 번에 가져갈 수 있는, 최대한 많은 양이 필요하다 하옵니다."

"그런가. 하지만 미당은 황상에게 조공으로 올려야 하는 귀물이니, 원하는 만큼 많이 주지 못할 것이라 전하거라."

"아흐마드가 고하길, 가져온 까후와를 전부 바칠 테니 먼 길을 온 사정을 헤아려 주실 수 있으신지 여쭈었사옵니다."

"혹시 가져온 것 중엔 까후와의 열매는 없는지 묻거라."

이참에 생커피콩이 아닌 커피 종자인 열매를 얻어둔다면, 언젠간 남방을 개척해서 자체적으로 커피 재배를 할 수 있지 않을까 싶어 물었다.

"까후와의 열매는 티무르 왕국에서도 귀한 종자라 군주의 허락 없인 타국으로 반출이 금지되어 있고, 키우는 방법도 기밀에 부쳐진다 합니다. 그런 연유로 열매는 가져오지 못했다고 하옵니다."

내가 알기론 그 정도의 기밀까진 아니었던 거 같은데? 아무튼 당장 열매가 없는 건 아쉽네.

"그런가. 다음부턴 교역에 관해선 예조에서 담당할 것이라 전하라."

그러자 내 말을 들은 예조판서 민의생이 자신에게 맡겨달라는 듯, 나를 바라보았다. 민의생이라면 내가 관여하지 않아도 알아서 잘 후려쳐서 좋은 조건으로 거래할 듯싶다.

　그나저나 민의생도 조만간 은퇴를 허락해 주긴 해야겠는데, 저 훌륭한 인성을 이어받을 만한 적당한 후임이 없는 게 문제네.

　"아국에서도 티무르 왕국에 사신을 보내고 싶은데 그것에 대해선 어찌 생각하는지 의사를 묻거라."

　"그렇게 하신다면 티무르의 왕도 분명 환영할 것이라 합니다."

　그 후로도 한참 동안, 내가 모르는 티무르의 사정을 알려주는 여러 이야기를 하다 보니 어느새 정해진 접견 시간이 끝났다.

　"오늘은 이만 물러나게나. 며칠 내로 사신들을 위한 잔치를 준비할 거라 전하게."

　"전하의 배려에 깊이 감사드린다고 하였습니다."

　"대신 중에서 사신단과 개인적인 교류를 하고 싶은 이는 동평관에 들러서 하게나. 그리고 역관, 마지막으로 당부하는데, 저들의 종교를 전도하려 하는 행동이나 언사는 철저히 금지한다고 전하라."

　"아흐마드가 전하의 명을 받들겠다고 합니다."

"이만 다들 퇴청하고 물러들 가게."

그렇게 접견이 끝난 후 난 집무실로 이동했고, 사전을 보며 생각을 정리해 봤다.

이참에 티무르 제국하고 친분도 쌓고 정기적으로 사신단을 왕래하며 커피를 수입해야겠어. 당장 커피 열매를 얻어도 대만이나 동남아 쪽의 섬을 개척하지 않는 이상 지금 조선의 기후론 키우기 힘들 거다.

그리고 내가 알기론 울루그 벡, 미르자의 아들이 반란을 일으킬 시기가 얼마 남지 않았으니, 이참에 저쪽에도 내가 개입해 역사를 바꿔야 할 듯하다.

개방적이면서 현명한 미르자가 죽고 나면 운 좋게 간신히 이어진 교역이 끊기게 될 거다. 그 아들놈은 정말 멍청한 데다 티무르 왕조를 망친 암군이나 다름없거든.

*   *   *

조선이 티무르 제국과 본격적인 교류를 시작하려 하고 있을 때, 남명의 복건성(福建省) 복주(福州)의 근교에선 심상치 않은 기류가 흐르고 있었다.

이름 모를 산속 공터에 수천의 농민과 광부들이 모여 있었고 그들의 중앙엔 단상에 올라선 남자가 큰 소리로 연설하는 중이다.

"대체 언제까지 전호(佃戶)와 땅 주인들의 횡포에 시달려야 합니까! 형제들이여, 이젠 그들에게 우리의 뜻을 보여줘야 합니다!"

"옳소, 옳소!"

"북에서 이적들이 쳐들어왔는데도 저 지주란 것들은 뭘 하고 있었습니까?"

그러자 맨 앞에 서 있던 노인이 절규하듯 소리쳤다.

"우리의 피를 빨고 있었지!"

"노야(老爺)의 말씀이 맞습니다. 그들은 나라가 풍전등화의 위기에 처해 있을 때도 아랑곳 않고 우리를 착취하고 있었습니다."

그러자 모두가 합창하듯 일제히 소리쳤다.

"등 형제의 말이 맞습니다!"

"저 등무칠(鄧茂七)은 그들의 뒤를 닦아주는 총갑(總甲)의 일을 하며 그들의 실체를 볼 수 있었지요. 그것이 무엇인지 아십니까?"

관중들은 순식간에 조용해지며 등무칠의 말에 집중했다.

"그것은 벼슬아치들과 결탁한 지주들의 실태였습니다. 지난번에 제가 여러 형제의 지지를 얻어 지주들과 소작세 인하 협상에 성공했을 때, 바로 그때! 그들이 어찌했는지 아십니까?

협상은 단지 기만책이었고, 고관들을 뇌물로 매수해서 제 형제들을 잡아넣었습니다. 전 천운이 따라 줘 이렇게 여기에 서 있지만 우리 모두의 형제들은 아직도 잡혀 있습니다."

"그 빌어먹을 것들! 싹 다 죽여야 해!"

그러자 등무칠은 좌중을 진정시키듯 말했다.

"하지만 마지막으로 걸어볼 희망이 생겼습니다. 북쪽의 암군을 대신해 남경에 새로운 천자께서 보위에 오르셨지요. 그러니 우린 천자님께 호소해야 합니다."

그러자 달아올랐던 좌중의 분위기는 금세 차갑게 식어버렸고, 웅성대며 부정적인 의사를 표했다.

"저도 그 마음 압니다! 하지만 천자께서 우리의 말을 들어주신다면 우리 중 누구도 더 다치지 않고 지주들을 몰아낼 수 있을 겁니다."

어느 중년인이 소리쳤다.

"그래도 바뀌지 않으면 어찌할 건데? 그놈들은 작년에 6할의 세를 걷는 것도 모자라, 동생(冬牲)이란 명목으로 겨울에 가축까지 깡그리 강탈해 갔어. 이러다간 이번 해를 못 넘기고 모두 굶어 죽게 생겼다고!"

"그래도 우선은 해볼 수 있는 데까진 해봐야죠."

"난 천자고 뭐고, 웃것들을 전부 못 믿겠어."

그러자 이제껏 높은 톤으로 큰 소리를 지르던 등무칠의 목소리가 차갑게 가라앉았다.

"만약, 새 천자께서도 우리의 목소릴 들어주지 않으시면……."

"않으시면?"

"우리가 새로운 하늘을 열어야겠지요."

『내가 바로 세종대왕의 아들이다』 6권에 계속…